KB047005

나이 드는 데도 예의가 필요하다

고광애 지음

오래오래 사랑하고
존중하며 사는 법

나이 드는 데도 예의가 필요하다

바다출판사

내게도 인생의 전환기가
아직 더 남았다

나는 누구보다 앞장서서 "100세 시대의 도래"를 외쳐대 왔었다. 그런데 실상은 저 멀리 남의 얘기로 치부했었나 보다. 100세 시대의 도래를 외쳐대는 한편으로 나는 조용히 나의 죽음 후를 준비하고 있었다. 나는 몇 년이고 새로 물건을 집안에 들이지 않는다는 원칙을 세웠었다. 몇 년이라고 했지만 이 몇 년이 어느덧 십수 년이 돼버렸다. 이런 불균형의 생활은 내 노후를 몇 번이고 당혹게 하는 일로 이어졌다. 가장 큰 당혹감은 이놈의 컴퓨터에서 왔다.

컴퓨터를 처음 대한 것은 물경 이번 세기가 시작도 되기 전부터였다. 그때 나는 60대! 얼마나 빛나던 시기였던가. 그때 나는 이 빛나는 나이를 실감하지 못했었다. 실감하지 못했을 뿐 아니라 이제부터 본격적으로 늙음 속에서 할 일 없이 무료하게 살아야 하는 노인이 되었구나, 하고 생각했었다.

이 무의미하고 재미없는 세월을 어찌 살지 하고 책을 들여다보기 시작했다. 내가 늙음을 알아채고 처음 손에 들었던 책이 폴 트루니에의 《자신과의 대화》(한국어판은 2015년 출판사 포이에마에서 《노년의 의미》라는 제목으로 출간됐다)란 책이었다. 이 책에는 깜짝 놀랄 만큼 내가 알고자 하는 모든 답이 있었다고 난 기억한다. 이 직방 해결책을 나만 알고 있을 게 아니라 주위 사람들에게도 알려 줘야겠다고 마음먹었다. 나는 메모를 하거나 메모장들을 등사기로 밀어서 친지들에게 돌리기도 했다. (그때는 지금처럼 컴퓨터나 폰으로 인쇄하기- 보내기란 상상도 할 수 없는 때였다.) 친지들에게 주려던 글 조각들이 모여 어느새 꼬리에 꼬리를 물어 책을 8권이나 쓰게 되었다.

그러니까 금세기가 시작하던 그때 나는 컴퓨터를 처음 장만했다. 그때 그 컴퓨터를 지금도 쓰고 있다. 금세기 초부터 벌써 23년이 지난 오늘까지 이 컴퓨터란 물체와 씨름하고 있다. 짧은 글부터 방송할 글 대본, 신문 칼럼, 내가 취미로 다니는 독서회까지 저므도록 사용하는 게 이 컴퓨터였다. 하지만 이 일들이 새 컴퓨터 값만 한 일은 못 되었다. 내일인지 한 달 후인지 모를 내 죽음을 코앞에 두고 있는 나는 거금을 들여 새로 컴퓨터를 장만하고 싶지 않았다. 죽음을 앞둔 사람으로서 새 물건을 집안에 들이지 않는다는 내 철칙은 확고부동하다.

그렇게 다 닳고 구식이 되어 버린 컴퓨터를 끼고 살다 보니 저므도록 컴퓨터 기사를 불러 댔다. 가장 최근의 사고는 이 책을 개정하겠노라고 출판사로부터 연락을 받는 동시에 내가 20년도 넘게 다니는 독서회에서 내 은퇴 기념(?)으로 발제를 하기로 한 시기가 겹쳐 있었다. 발제 글을 다 써서 독서회가 속한 각 당 복지재단에 원고를 보내면 거기서 인쇄해서 회원들에게 배포하기로 돼 있는 시스템이다. 원고를 메일로 각 당에 보내야 할 텐데 그날따라 메일이 작동을 안 하고 있었다. 10시 반, 독서회가 시작되는 그 시점까지 나는 내 발제문을 못 보내고 있었다. 20여 명 회원을 기다리게 하는 사태는 나를 극한의 스트레스 속으로 몰고 있었다.

메일이 몽땅 엉켜서 컴퓨터 기사는 메일 프로그램을 새로 깔았단다. 이름도 잊었지만 내 컴퓨터는 윈도우7이라서 뭐가 안 될 수도 있다고 했다. 사람들은 새로 컴퓨터를 사라고 권해 오지만, 함께 견디어 온 세월이 억울해서 나는 도저히 새로 컴퓨터를 못 사겠다.

20년간 별러 오던 나의 죽음이 드디어 코앞에 닥친 87세. 며칠이나 쓰자고 새로 기계를 들인단 말인가? 그런데 말이다. 뜻밖에도 출판사에서 10년도 더 지난 나의 옛 책을 분 바르고 꽃단장해서 개정판을 내겠다니, 이 아니 불감청이언들 고소원이겠나.

내가 애독하던 폴 투르니에는 "내 인생에서 몇 번이고 저 결정적인 전환기를 잘 통과했었고, 그 전환기 하나하나가 새로운 출발이 되었다"고 했다. 죽음만이 내게 남겨진 유일한 전환기라고 여겨 왔던 내게 이번 책 개정은 예상치도 못했던 새로운 전환기를 선물하고 있는 셈이다.

2023년 12월에

2 나이 들며
   알아야 할 것들

3 빛나는 황혼을
위하여

6 차마 하기 힘든 말

1

나이가
벼슬이기는커녕

"할머니" "할아버지" 소리
마땅찮다

　60 전후부터 심심찮게 듣게 되는 소리가 "할머니"라는 호칭이다. 주위에서 이 '할머니' 소리가 듣기 싫다는 투정을 해대는 친구들이 늘었다.

　그렇다. 요즘 50대 말, 60대는 정말로 젊고 건강하고 그리고 아직 여성적인 미모며 감성을 지니고들 있다. 그러니 꿈에라도 자신들을 할머니라고 의식할 리가 있겠나. 그런데 어느 날 생전 보도 듣도 못하던 사람, 그것도 중년하구도 푹 나이가 차서 거의 동년배로 보일 법한 사람한테까지 난데없이 할머니라고 불리다니, 사뭇 화가 날 수밖에. 그래서 내 친구는 "난 당신같이 나이 먹은 손주를 둔 적이 없는데, 웬 ～ 할머니라니?"라고 쏘아 붙였단다.

　사실, 우리네는 사람들에 대한 호칭이 뒤죽박죽이다. 특히 우리 여

17

성들은 일찍이 호칭에서부터 인간차별을 받고 살아 왔다. 우리 여성들은 어딜 가나 위아래 없이 '아줌마'로 불렸다. 아줌마! 그 어감에서는 어쩐지 존경스럽지 않고, 전문가와는 거리가 멀고, 별 볼일 없이 수다나 떠는 중년 여편네란 인상이 풍기지 않는가. 기껏 좀 대접을 해야 할 경우에는 선생 부인이나 목사 부인이 아님에도 불구하고 "사모님"이란 당찮은 호칭을 들어야 했다. 그러던 것이 어느덧 할머니 할아버지로 불리다니, 이게 성차별이고 노인차별이 아니고 무엇이겠는가.

내 아는 분은 "할아버지"에서 더 나아가 아주 존대를 한껏 하는지 "어르신"이란 소리를 자주 듣는단다. 그런데 이 분은 존경을 가득담은 이 "어르신"이란 호칭도 싫단다. 저희들과 동등하게 회의도 하고 저희들과 동등하게 일하는데, 구태여 연장자임을 강조하듯 "어르신"이 뭐냐는 이야기다. 아마 이 글을 읽을 많은 남자분들은 '어르신'은 그래도 괜찮다고 생각할지 모르겠다. 하지만 이분은 난 젊은이와 똑같이 일하는데 구태여 늙은이를 뜻하는 '어르신'이라 칭하는 것이 영 거북살스럽단다.

여기까지 쓰다 보니, 참 말도 많고 트집도 많은 까탈스러운 노인이란 소리 들을까 저어된다. 하지만 까탈스럽고 트집이 많아서가 아니다. 요즘 세상이란 게 그렇다. 평균수명이 엄청 늘어나서 졸연히 자신을 늙은이라고 인식하는 사람들이 드물어져 간다. 더구나 젊디젊은 늙은이들이 몰려오고 있다. 새로 진입하는 이 많은 젊은 노세대들을 향한 호칭문제를 어쩔 것인가. 이대로 가다가는 가뜩이나 갈등 많은 이 나라에 또 하나의 갈등의 빌미가 될 조짐이 보인다.

지금 인류는 역사 이래 최초로 최장수시대를 맞고 있다. 이 시점에서 우리 노년들을 어찌 불러야 하나 하는 호칭문제에 관한 사회 규범 (norm)을 새로 만들어 가야 하지 않을까.

내 알기로 '할머니' '할아버지'라고 공공장소에서 불러대는 것이 아마도 일제의 잔재가 아닌가 싶다. 불란서 사람들처럼 '무슈' '마담'이라 부르면 어떨까. 우리네 정서로 "마담"하면, 다방마담을 연상해서 이 또한 안 좋긴 하다. 미국처럼 '시니어'란 단어가 좋은데, 이걸 우리말로 어찌 번역을 해서 써야 할지. 중국처럼 "선생님"소리를 남발하기도 그렇고….

우선은 사회적 규범이 정해지기 전에 상인들부터라도 할머니 할아버지 어머니라고 부르기보다 "손님"으로 불러 주는 것이 저들 장사에도 이로울 듯하다. 할머니 할아버지란 호칭의 유리벽을 넘어서 말이다.

니들도
나이 들어 봐라

    나는 대인이 못 되고 소인이라 그런가? 세상일이 아닌 개인적인 일에나 관심이 있다. 결코 자랑할 일은 아니겠지만, 나는 정치에 무관심하다. 그럼에도 불구하고 지금 어느 정치인의 말을 인용하여 이 글을 시작하려 한다. 그 정치인은 어떤 사건의 시시비비에 관해 70 노인이 한 말을 놓고 "정신이 오락가락하는 70대 노인" "극도로 허약하고 겁에 질린 노인네의 진술에 의존해"라고 했다. 번듯한 지도급 인사였던 1940년생 노인을 "정신 나간 노인네"로 몰아붙이고 있는 상황이다.

    일찍이 노인을 지칭하는 적당한 호칭이 필요하다고 쓴 적이 있다. '노인'이라든지 심지어는 '어르신'이란 호칭까지 못마땅하다고 했다. 이런 마당에 우리나라 지도층에 계신 분이 거침없이 70 노인이라고 지칭하는 발언을 서슴지 않고 뱉어 내는 것에 나는 시비를 걸고 싶다.

자기 발뺌이 급한 처지였을 거란 짐작을 하더라도 그 발언이 적절치 않음은 여전하다.

이번에 "정신이 오락가락하는 70대 노인" "극도로 허약하고 겁에 질린 노인네의 진술"이라고 발언한 분도 1944년생이란다. 거기서 거기인 나이다. 같이 늙어 가는 처지다. 몇 살 덜 먹었다고 해서, 불과 몇 살 더 먹은 사람을 일컬어 거침없이 정신 나간 노인이라고 몰아붙여도 되는가? 아주 나이 어린 애들에게 70대 언저리에 있는 사람들은 어지간히 늙어 보일 거다. 하나 이 경우엔 영 대책이 안 서는 상황 아닌가. 이건 분명히 노인에 대한 인권모독이라 할 수 있다.

흔히 인권은 개인적인 차원의 문제라고들 한다. 그렇다 할지라도 한 나라의 지도급 인사가 70세 노인을 상식적인 사람 축에 낄 수 없는 사람으로 몰아가는 것은 일종의 인종 차별이다.

하긴 노인 차별은 세계적인 추세다. 미국 상원의 노인문제 조사위원회에서 낭독됐던 에피소드를 봐도 알 수 있다.

"81세 할머니가 85세 남편이 집에서 숨진 것을 발견해 경찰에 신고하고 구급차를 불렀다. 할머니는 남편이 사망하기 직전 한 여성을 보았노라고 했다. 하지만, 경찰은 할머니의 진술을 범상하니 듣고 그대로 넘어갔다. 다음 날, 은행원이 할머니에게 죽은 남편의 계좌에서 돈이 인출되었다는 사실을 알려 주었다. 그때서야 경찰은 사체를 해부

해 할아버지가 목이 졸려 사망한 사실을 알아냈다. 그리고 얼마 후 문제의 여인은 체포되었다."

그러면서 왜 40세 증인은 80세 증인보다 신빙성이 있다고 보는 걸까를 두고 논의가 벌어졌다. 이런 사회적인 차별이 개인의 안전에 어떤 결과를 초래하는가를 논의하는 회의였다.

일본의 유명한 소설가 소노 아야코란 분은 《계로록(戒老錄)》이란 책에서 노인은 거짓말을 잘 한다고 썼다. 과연 그럴까? 아닌 게 아니라, 노인들이 의도하지 않고도 곧잘 거짓말을 하는 걸 볼 수 있다. 하지만 이런 경우의 거짓말은 오감이 둔해져서, 바로 콕 느끼지 못해서 제대로 표현하지 못하는 것뿐이다. 이를테면, 밤색 옷을 자주색 옷이라고 우기는 것이 그렇다.

더러는 깜박 잊어 먹고 잘못 말하는 경우, 아니면 잦은 실수를 변명하다가 거짓말을 얘기할 수는 있다. 하지만 중대사에 관해 신중히 한 발언을 두고, 단지 70세라 해서 상식 이하의 사람의 발언이라고 폄하한 것은 노인차별주의(ageism)의 표상 같다.

이 지독한(?) 노인차별의 '유리벽'에 둘러싸인 우리 노년들은 어찌 살아야 한단 말인가. 길은 하나다. 유치원서부터 배워 온 정직 그리고 명확함뿐이다. 정직과 명확함이 진실로 절실한 때가 바로 후반기 인생기다. 어쩌다 잘못 말해서 "거짓말 잘 하는 노인" 혹은 "정신이 오락가락하는 70대 노인"으로 낙인찍히지 않기 위해서다.

실제로 어쩌다 노인이 실수를 거듭하다 보면, 주위에서 수근수근 "결함 있는 사람"으로 덮어씌우는 사태가 온단다. 이를 두고 학자들은 '사회적 낙인이론(Social breakdown syndrome)'이라고 명명했다. 더 나아가서 이렇게 낙인찍히다 보면, 괜히 자신이 없어져 안 하던 실수도 연발하게 된단다.

아이고, 무섭다! 그저 명확하게 정직한 것만이 우리 노년들의 살길이고, 노인차별의 '유리벽'을 뚫을 지름길이다!

누굴 위한
건강관린데

맨날 벼르기만 하다 마는 나 같은 사람과는 비교도 할 수 없이 건강이며 몸 관리를 철저히 잘 하는 친구가 있다. 근데 이 친구가 어느 날 한탄을 하는 것이 아닌가. 얘기인즉슨 수년째 다니는 스포츠센터임에도 불구하고 이런저런 눈치가 보여서 운동을 운동답게 하기가 힘들고, 그러자니 기분 또한 개운치 않단다.

"아니, 그 비싼 회비 다 내고 다니는 스포츠센터에서 무슨 눈치? 너 정도로 수년째 꾸준히 다닌 회원은 특별대우 받을 만한 회원 아니니?" 아둔한 내 소견에서 나온 소리였다.

그런데 그게 아니란다. 언제부터일까? 땀을 쪽 뺄 정도로 트레드밀에서 뛰다 보면, 어디선가 자신에게 꽂히는 눈초리가 딱 느껴진단다. 쏘아 오는 눈초리 쪽을 바라보면, 영락없이 젊은이의 딱해 하는 눈과 마주친단다. 그 눈초리는 "아이구, 저 노인네, 천년만년 살려 그러나? 저리 기를 쓰고 운동을 하니…"라는 것 같단다. 그 딱해하는 듯한 눈초리에 그만 기가 죽어 더 땀을 뺄 수가 없더란다.

그러고 보니, 나도 그 비슷한 경험을 했다. 어느 병이고 좋은 병이 있을 리 없지만, 병 중에도 나는 감기가 가장 싫고 무섭다. 뭐 감기 끝에 폐렴에 걸려 죽는 게 무섭다기보다 감기약인 아스피린이며 항히스타민 계열 약에 부작용이 심해서 약을 먹지 않고 감기를 견뎌내자니, 유난히 힘이 들어서다.

그래서 가을 들어서면, 나는 부지런히 독감 예방주사 맞고 감기 예방조처를 취한다. 외출했다 들어오면 의사선생님 지시대로 2번씩 비누질해서 손을 씻고, 소금물로 양치하는 등 나답지 않게 바지런을 떤다. 그렇게 바쁘게 외출 뒷마무리를 하고 방에 들어서니, 아무 짓도 안 하고 있던 딸이 "아이구, 엄마는 몸도 끔찍이 위하시는구려"라고 한마디 던지는 게 아닌가. 딸이었기에 망정이지 며느리였으면 더 면구스러울 뻔했다.

하긴 나도 그 옛날, 아니지 그 옛날이 아니다. 불과 6, 7년 전만 해도 90을 넘긴 어머니가 이런저런 건강관리 하시는 걸 보면서 속으로 "저리도 당신 몸을 위하고 싶으실까?"라고 생각했던 적이 있다. 그러면 어머니는 어느새 내 심사를 알아챈 듯, 한 말씀하셨다.

"병이 나면, 나도 나지만, 너희들 괴롭힐까 봐 미리미리 손을 쓰는 거다." 그러면, 나는 속으로 "흥!"까지는 아니지만 "글쎄, 그게 그럴까?" 했으니 참으로 못된 딸년이었다. 나는.

우리가 오래 살고, 건강하게 살고자 하는 것이 결코 부끄러운 일도 아니고, 떳떳하지 않은 일도 아니잖은가. 더구나 불과 15~6년 전만 해도 93세는 살아 있기에는 너무 많은 나이처럼 보였지만, 이제는 보통 90을 넘기게 되었다.

90년을 버티자면, 우리 몸에 기름도 칠하고 운동도 해야만 씽씽하니 움직일 수 있지 않을까. 그러고 보니, 우리 어머니 말씀은 진리였고 그리고 진심이었다.

"내 몸이 아프면, 지레 너희들 귀찮게 된다. 나 아픈 건 아픈 거지만…."

'삼고초려三顧草廬'에만
응하기로

어른이 되고 보니, 다시 말해 늙고 보니 자유로워진 점도 있고 부자유스러워진 점도 있다. 굳이 따지자면, 부자유스런 점이 더 많아졌다고 나는 생각한다. 요즘 들어 부쩍 '어른값' '노인값' 하느라 머리를 굴리는 게 부담스럽다. 결국 우리 노년들은 '어른 체면' '노인값'이란 또하나의 '유리벽' 속에 갇혀 사는 형국이다.

요즘 내가 자주 부딪히는 문제가 참석, 참여의 문제다. 참석 참여라지만 뭐 거창한 사회적인 담론이나 운동 얘기가 아니다. 가족모임과 한 치 더 넓혀서 형제자매 및 조카들 모임에서도 정신을 차려야 하는 일이 벌어지더라는 얘기다.

나는 세 자매 중에서 막내고, 맨 큰언니와는 나이 차이도 있고 해서 어려워하는 편이지만 둘째 언니와는 친한 친구처럼 지낸다. 그래서 주위의 부러움을 정말로 많이 사고 있다. 그런 나와 둘째 언니에게 봄가을 큰언니와 형부 생신 참석이 연중 큰 나들이었다. 생신에 가면, 당사자는 물론이고 조카들이며 일가들의 환대를 받는 손님 중 하나가 나와 언니였다. 요즘으로선 드물게 집에서 만든 잔치음식을 맛보는 것도 즐거움의 하나였다.

어느 해부터인가 생신잔치를 음식점에서 한다는 전갈이 왔다. 손주뻘들이 큰데다, 조카들도 바빠져서 음식점에서 생신잔치를 하나 보다 하고 심상하게 넘어 갔다. 그런데 어느 해엔가 조카들이 쑥덕쑥덕 하더니, 언니와 내게 택시를 잡아 줄 뿐 아니라 택시 속에 봉투까지 넣어 주는 게 아닌가. 엊그제까지 내가 선물도 하고 축의금도 내놓았는데….

그 때, 정신이 화들짝 났다. 어머니가 90을 넘기고도 친척집을 방문하시면, 돌아가시는 길이 신경이 쓰인다고 친척들이 어머니를 모시고 사는 내게 하소연들을 했었다. "아하~ 나도 이미 다녀가시는 길이 무탈한지 걱정을 끼치는 연배가 되었구나"하는 것을 우리 어머니처럼 모르고 지나칠 뻔 했다.

다음 해, 나와 언니는 큰언니네 생일잔치에서 은퇴하기로 맘먹었다. 작은언니가 큰언니와 큰조카에게 불참을 조심스레 설명했다. 그랬더니, 아이구, 조심은 무슨 조심! "얼씨구나!"하는 듯이 다시는 빈말로도 우리를 초대하지 않았다. 우리의 생신 불참 이후, 조카들은 2차로 노래방, 3차로 어디로 하고 다니며 잔치를 즐겼단다. 언니와 내가 진작 잔치 참석을 사양했더라면, 걔들이 일찍부터 더 즐기고 그랬을 것을 노인들 앞이라 말 조심해 가며 밥 먹기가 얼마나 고역이었을까?

둔한 나야 그렇다 치고, 내 둘째 언니는 센스가 있어 '눈치 9단'이라던 명성이 무색해졌다. 아니, 아직도 눈치 없이 큰언니 생신 참석을 꼬박꼬박 했더라면, 내 조카와 며늘애들은 얼마나 곤혹스러웠을까? 가뜩이나 나이 들어가며 모든 게 둔해져서 죽겠는데, 잽싸게 타이밍 맞춰 갈 데 안 갈 데를 가려서 치고 빠지는 수법을 써야 하다니!

한 치 걸러 조카들 얘기는 그렇다 치고, 알토란 같은 내 세 자식들은 어떠한가. 이달에 둘째 아들이 프랑스에서 열리는 국제행사에 초대를 받았다. 우리 집안의 경사였다. 마침 딸도 프랑스에 가 있고 해서 큰아들 내외가 어차피 참석하는 김에 어머니 비행기표도 마련하겠다고 했다. 고맙고 즐거울 것만 같았다.

하지만 잠깐 생각하고 나는 사양했다. 그랬더니만 기다렸다는 듯이 세 남매 아니, 그 짝들까지 합쳐서 여섯 놈 누구 하나 "그래도 참석하시자"는 빈말 한마디가 없다. 물론 늙은이까지 갈 필요가 없기는 없는 모임인가 보다. 아니, 나도 우리 어머니처럼 덥석덥석 참석한다고 했으면 어쩔 뻔했을까? 이 무슨 불편한 노년의 삶의 방식인가?

같이 늙어 가는 언니와 나는 의논 의논 끝에 하나의 가이드라인을 정했다. 어떤 모임이든 초청자가 3번 이상 간절히 초청하는 자리에만 가기로 했다. 초청도 초청 나름이다. 내 자식들처럼 인사치레로 하는 초청은 사절이다. 진정성과 간절함이 지극하면서 3번 이상 초청하는 자리에만 응하기로 했다.

집안행사에서도 처신이 이럴진대, 사회에서 은퇴한 우리의 위대한 원로들의 처신이 나는 안쓰럽다. "너나 잘 하세요~"라지만, 늙은이는 걱정도 팔자라지만 괜히(?) 걱정이 된다.

우린
다 살았다마는

　요새 딸과 있으면, 지적질 당하느라 바쁘다. 아들들은 결정적인 시기에 한마디 점잖게 충고하고 말지만, 살가운 딸은 만날 때마다 요기조기 일일이 지적질을 해 댄다. 에미라면서 지적질 당하는 내 기분을 물으신다면? 겉으로야 "네~ 네~" 하고 있다. 하지만 속으로는 아차, 하면서 들을 건 듣고 반성한다.

　하지만 내가 동의할 수 없는 건 곧 죽어도 딸 말, 아들 말도 안 듣는다. 이렇게 말 안 듣는 자식을 둔 부모나 이런 학생을 가르치는 선생은 아닌 게 아니라 속상할 거다. 속상하는 정도가 아니라, 사뭇 분할 거다. 맘대로 하라면, 말 안 듣는 부모를 애들같이 엎어 놓고 엉덩이를 척척 때려 주고 싶을 거다.

　속상해할 자식들 심정을 어찌 이리 잘 알까. 그것은 바로 얼마

전 - 그러니까 20여 년 전이지만, 내 시간 감각으로는 바로 얼마 전 같다 - 내가 엄마와 티격태격했던 모습의 복사판을 보는 듯하니, 잘 알 수밖에.

그 때, 나도 내 엄마가 어느 날 갈비찜을 장조림 수준으로 가량없이 짭짤하게 해놓고서도 짜지 않다고 우긴다든지, 다 닳아서 버리려던 내 손녀 딸 옷을 미제라고 과시하면서 옆집 애기엄마에게 물려준다든지 해서 티격태격했다. 실제로 나는 옆집 젊은 엄마의 항의를 받고 정중하게 사과까지 해야 했다. 정도의 차이는 있지만, 요즘 내 딸애에게서 엄마의 퇴화를 향해 분노하고, 어이없어 했던 내 모습이 겹쳐 보인다.

우리네 자식세대들이란 게 이른바 베이비 부머 세대들이다. '미들 에이지 칠드런'(부양할 자식과 부모를 가진 세대)이라고도 한다. 이들은 50대다. 옛날 같으면 노년기에 들어선다 하겠지만, 요즘 누구도 이들을 노년이라고 안 한다. 그러면, 중년? 글쎄, 중년도 아니라고까지 한다. 내가 여러 번 소개했던 '신 인생주기'에 의하면 청춘기에서 중년기로 막 진입하려는 시기다. '30년 주기설'로 따져도 마지막 30년에 진입하기 직전에 걸쳐 있다. 그렇다. 어쨌거나 뭉뚱그려 중년이라고 해 두자.

중년! 중년이란 얼마나 중차대한 시절인가. 국가나 사회나 가정 심지어는 집안 대소사까지 어떤 문제에 직면하면, 바로 그 때에 그들 중년의 위력이 발휘되는 시기다. 본인들 판단아래 의사결정을 내리고 문제를 해결해 나가는 건 그들 중년이다. 물론 이에 대한 책임을 지는 것도 이들이다. 그러기에 이들은 안팎에서 '중심세대'인 중차대한 집단이다. 이처럼 중차대한 중심세대로의 길을 걷고 있는 이들에게는 거부할 수 없는 자신감이 묻어 있다.

이들은 소위 낀 세대이기도 하다. 아래로는 저희들 자식세대를, 어쩌면 유사 이래로 가장 이상적(?)으로 키워냈단다. 내 친구는 말했다. 요즘 애들이 자식 키우는 것을 보고 있자면, 우리네는 자식들을 그저 들판에 내놓은 마소(말과 소) 키우듯 한 것 같다고 했다. 우리네와는 비교할 수 없이 자식들과 밀착해서 과학적이고 교육적으로 키워냈음에도 불구하고, 자식들과도 쿨하게 거리를 지켜내고 있다.

우리네들이 전에 곧잘 저지르던 자식바라기 같은 시행착오도 안 한다. 거기다가 위로는 부모세대를 돌보고 있다. "그렇게나 당당하고 그렇게나 자상하게 자식들을 가르치고 훈계하고 보듬고 품어 주던 우리 부모세대들. 이제 와서 보니, 어찌 그리도 구닥다리였고 거기다 퇴화했고 늙어 버렸단 말인가." 베이비 부머들의 이런 한탄이 들려오는 듯하다.

거기다가 목숨들은 가없이 길어졌는데 애네들의 효심 총량은 다해 가고 있는 것 같아서 나는 아슬아슬하기까지 하다. 그렇건만 이를 아는지 모르는 척하는 건지, 부모들 목숨의 총량은 기약이 없다. 세상이 변한 것을 채 못 깨닫는지 눈치도 없이 당신들의 위상을 채 알아채지 못한 듯 시시로 틈틈이 참견하고 지시하려 드는 부모들. 그 와중에도 실수, 실언을 연발해대는 부모들을 향해 대개의 자식세대들은 내 딸 모양 채근하기 바쁘다.

함께 사는 어머니와 딸의 오근조근한 갈등들, 큰 틀에서의 아들놈 들과의 갈등들…. 아니다. 갈등이 아니라 귤껍질 까발리듯 하는 이들 의 지적질에 주눅 들거나 아니면, 분노하고 있는 부모들.

사람이란 게 그렇다. 지적질에 절어 주눅이 들다 보면, 평소에 안 하던 실수도 자꾸 저지르게 된다. 얘네들, 자식세대는 부모들의 개선 기미가 안 보이는 그것들에 실망하고 혐오스러워 하다가 숫제 '어쩔 수 없는 사람' '이젠 더는 어찌 안 되는 엄마 혹은 아버지'쯤으로 낙인 찍고 만다.(사회적 낙인론·Social labelling) 어쩌면 노인 자신들도 이렇게 떠밀려서 '난 이제 다 된 늙은이인가 보다'라고 자기비하까지 하는 지 경이 되는 것 아닐까!(사회적 와해증후군·Social Breakdown syndrome)

그런데 그게 그럴 때가 아니고, 그런 것이 아닌 것이 있다. 나의 어 머니는 90을 넘기신 후엔 걸핏하면, 우리들을 보고, "난 다 살았다마 는 앞으로 살아낼 너희들이 걱정이다"고 했다. 그 때마다 나는 속으로 "엄마나 잘 사세요, 우리 걱정은 말구"라며 코웃음을 쳤다.

지금 와서 생각하면, 어머니의 말씀은 진리였고, 세상을 꿰뚫어 보는 혜안이었다. 역사는 어김없이 반복되는지 요즘 나는 저들, 중년을 넘어 선 저들을 보며 "난, 우리는 다 살았다마는, 앞으로 살아내야 하는 너희들이…" 하는 걱정이 절로 솟는다.

하지만 우리 어머니처럼 말로 뱉지는 못하고 있다. 노인에게는 언론자유가 없다고 했다지만, 사실 그렇다. 이것저것 재다가 맘속의 말을 다 뱉어 낼 수가 없다. 루드비히 비트겐슈타인이란 철학자는 "말할 수 있는 것은 명료하게 말할 수 있고, 말할 수 없는 것에 대해서는 침묵해야 한다"고 갈파했지만, 기가 죽은 나 같은 노년은 명료하게 말하기보다는 침묵을 해야 하는 때가 많다.

그것은 늙어서는 명령과 충고를 내려놓으라는 폴 투르니에의 가르침에 의해서다. "이들에게 이렇게 살라, 저렇게 살라 명령하듯 가르치는 것은 예의가 아니다"라고 이근후 정신과 박사도 말했다.

100세란 긴 인생주기를 살아 내자면, 이에 맞춰서 2모작, 3모작 인생을 꾸려 내야 한다고 한다. 그렇다. 긴 후반생을 위하여 2모작, 3모작 인생을 개척해야 한다. 하지만 후반생에서는 전반생에서와 같은 세속적인 경합, 승진 같은 게 배제된 2모작, 3모작 인생이 되어야 한다고 세상 멘토들은 말한다.

하지만 중심세대인 저들은 이런 거, 구체적인 이런 거 채 못 알아보는 듯하다. 저들을 걱정스러워 하는 노인은 '걱정도 팔자'이기 때문일까. 우리 어머니처럼, "난 다 살았다마는 너희들이 걱정"이 돼서 큰 틀에서의 앞날의 그림을 예고해 줄 수는 있잖을까. 인류 역사상 제일로 그리고 처음으로 길게 남아 있을 저들의 여생, 거기다가 선대의 본(本)도 없는데 어찌 입만 다물 수 있단 말인가.

너흰 모두
미생이야

길에서 마주 친 내 또래 노인이 혼잣말처럼 한 말씀 하신다. "왜 이렇게 늙은이가 많은지!" 나도 한 말씀 거든다. "그러게요."

사실 '인구의 고령화'는 그 끝이 안 보인다. 가뜩이나 노인들이 많아 죽겠는데, 여기 더 보태서 새내기 노년들이 몰려오고 있다. 소위 베이비 부머들 말이다. 이들이 노년세계로 진입을 하면서 폭발하듯 이뤄지는 고령화 붐이 얼마나 거대한지 얘기하는 걸 보니, 이게 그저 심상한 일이 아닌 모양이다.

"거대한 해일(the coming generation storm)이 밀려온다"(L. J. Kotlikoff)고도 하고, "지축을 뒤흔들 만한 리히터 9.0의 지진이 오는 것 같다"(P. Wallace)고도 하는가 하면, 노년들이 몰려오는 현상을 지진에 빗대서 연진(年震 · agequake)이라도 한다. 이러다가는 모든 국가들이 온통 늙은이투성이가 되려나 보다. (노년인구가 전체 인구의 20%가 넘으면 초고령 사회라는데, 선진국들이라 하는 영 불 독 미국은 벌써 초고령 사회화 되었다. 우리나라도 가장 빠르게 5년 여 후면, 초고령 사회로 진입할 것이다. 현재는 노인인구 18%대인 고령사회로 진행 중이다.)

그 중에서도 우리나라의 고령화는 어찌나 빠른지 가히 혁명적이라고까지 한다. 이 같은 고령화의 여파는 코피 아난 전 유엔 사무총장의 표현에 따르면 시한폭탄과 같아서 그 여파를 진단하는 미래학자들의 전망을 보면, 사뭇 공포스럽다. 이런 무시무시한 세상 속으로 내 자식들이 들어가게 됐다. 어찌 걱정이 안 되랴. 단순히 노인들이 걱정도 팔자라고 일축해 버릴 일이 아니잖은가.

인류 역사 이래 최초로 100년 하고도 몇 십 년을 더 살아내야 할 이들이 맞이 할 새로운 삶에 대해 고민하지 않을 수 없는 시점이다. 얘네들, 다 산 늙은이들에게 한가로이 지적질이나 하고 있기에는 너무너무 급박한 세대다. 중심세대로써 누렸던 황금시절은 머잖아 지나가 버릴 것이다. 그렇다고 과거에 많은 노인들이 하던 대로 풀 죽어서 무위도식을 한다거나 가진 걸 야금야금 먹어 들어가는 메뚜기 떼처럼 살 수는 없잖은가.

이들은 유사 이래 가장 많은 다수의 무리이면서도 철저한 준비로 무장한 노인 집단이란다. 새로운 노년 세상과 노년문화를 만들어 갈

승자들이 될 거란다. 이들은 생명의 시간을 100세에서 120세로까지 연장할 것이란다. 그래서 이들은 인류 최초로 생물학적인 승리를 이룬 집단이 될 거란다. 이들은 지금 현재 번식기(여자의 난자는 일생 40여만 개다. 생명은 연장되지만, 번식기는 고정되어 있다)와 번식후기의 기간을 같게 만들었다. 분명한 것은 번식기보다 번식후기가 더 길어지는 것도 이들의 생전에 이루어질 거라는 전망이다.

하지만 이들에게 넓게 드리운 그늘을 들춰 보면, 나는 우리 엄마처럼 걱정을 안 할 수가 없다. 다름 아니라, 노인들은 100세가 넘도록 죽지 않고 살아 있는데, 대를 잇는 데 필요한 만큼의 후손들이 태어나지 않는다는 사실이다. 이 현실이 미래를 가장 어둡게 하고 있다. 이 같은 그림자가 드리워진 앞날을 예단하는《노인들의 사회 그 불안한 미래》(G. 피터슨 지음)류의 책이 줄줄이 나오고 있다. 이런 책을 보면, 이런 그늘은 세계적인 현상이란다. 그나마 꾸준히 이민을 받아들이는 미국은 현상유지를 하지만, 유럽에서는 이대로 가다가는 온통 아랍권 사람투성이가 될 거라는 소리도 나오고 있다.

우리나라도 뒤질세라 세계적인 저출산 붐을 따라 가다 보니, 출산율이 OECD국가 중 최저다. 따라서 과거는 연장되고 미래는 단축될 거라는 회색빛 전망에서 우리나라라고 자유롭지는 못할 것이란다.

모든 생물의 본능인 대를 이어 갈 희망의 빛이 어둡다. "아들 손주

며느리 다~ 모여서"라는 동요는 어느 태곳적 노랫말이었던가 싶다. 아, 물론 인류는 지속될 것이다. 하지만 우리의 똑똑한, 그래서 뭐든 각오가 돼 있다고 자신하는 듯한 새내기 노년들, 어쩌면 너희들도 미처 생각도 못한 세상이 벌어진다고 미래학자들은 경고하고 있다.

이런 예단이 어느새 우리 사회에서도 벌써부터 그 싹이 보이는 것을 보면, 경천동지할 미래가 현실로 다가 오긴 올 모양이다. 안 그래도 어제 오늘 뉴스에서는(2015년 2월 3, 4일) 영국에서 한 아버지에 두 엄마를 가진 아이가 태어날 거란다. 이 경우는 불치의 유전자를 전환하느라고 그랬다지만….

가장 두드러진 현상이 가족관계의 변형일 것이다. 우리나라에도 많이 알려진 자크 아탈리에 의하면, 머잖아 '동거'가 정식 결혼과 마찬가지로 사회에서 존중받는 남녀관계의 대안이 될 것이란다. 벌써부터 그런 현상을 나는 목격했었다.

유럽에 거주하는 친지네를 방문했을 때, 옆집, 앞집의 멋있는 두 부부가 정식 부부가 아니고, 따라서 예쁜 아이들도 정식부부 사이에서 태어난 아이들이 아니란다. 이미 유럽에서는 남녀의 동거도 정식결혼과 똑같은 법적 지위와 혜택을 주고 있었다. 이런 형태의 결혼을 중국에서는 주혼(走婚)이라고 한다든가. 이런 형편에서 이혼의 당위성이야 더 이를 말이 없잖은가. 자연히 편부모 밑에서 자라는 아이들, 그리고 자녀 없는 결혼도 흔할 것이다.

고령사회가 되면서 전통적 혈연 공동체, 동호회, 지역 공동체 등도 또 다른 형태로 대체될 것이다. 미래의 가족관계에서는 두어 차례 이상 결혼을 하는 것이 보편화돼 있을 것이란다. 미래의 가족에서 사람들은 동시에 여러 가정에 소속되고 아이들은 동시에 여러 아버지와 어머니를 가질 수 있을 것이란다. 결혼제도가 사라지는 것은 아니지만, 급변할 것은 명약관화한 현상이 될 것이란다. 그래서 프랑스에서는 이런 유행어가 다 나왔단다. "저와 잠깐 결혼해 주시겠어요?"

경천동지할 변화가 결혼생활에만 국한될 리가 있나. 다방면에 걸쳐 일어날 급격한 변화에 따라 변하고 적응해야 할 내 새끼들인 새내기 노년들이 나는 안쓰럽다. 이들은 당연하게도 65세 이후에도 일을 계속해야 할 것이다. 당연한 얘기로 사람들이 더 오래 살게 되는 만큼 추가 비용이 들 수밖에 없어서다. (리처드 수즈먼 미국 노화연구소 연구원)

이 지점에서 나는 이들이 생각의 틀을 왕창 바꾸지 않으면 안 된다고 생각한다. 그리고 이를 강력히 권고하고 싶다. 바꾸지 않고 평균 수명 60 전후 시대의 가치관으로 살다가는 얼마나 혹독한 시행착오를 겪으려나…. 안 바꾸고 살다가는 번식기보다 더 길어진 번식 후기의 노후가 행복할 수가 없을 것이기 때문이다.

번식기 때 모양 생물학적인 생존에서 맘을 돌려 한번 '회심'을 하는 거다. 어디서 어디로 회심을 하는가. 세속적인 가치관에서 벗어나 삶의 의미를 새로 추구하고 자기 정체성을 다시 잡아놔야 쓰나미처럼 밀려오는 물결에 휩쓸려 가지 않을 수 있으리라. 의외로 풍부한 노후 자금보다는 맘의 밑바닥을 다져 놓는 것이 쓰나미에 쓸려 가지 않고 살아남을 수 있는 방법일 것이다. 보이지 않는, 작고 약해 보이는 것이 큰 것을 이겨 낼 수 있는 계기가 될 것이다.

너무 비관적인 얘기만 쏟아 놓은 듯하다. 한쪽에서는 이런 주장도 나오는 걸 소개하고 싶다. "고령화를 반드시 부정적으로 볼 필요는 없다. 한국은 출산율이 낮아져서 인구가 줄기는 하겠지만, 장수 (Longevity)가 바로 국가경제의 질을 판단하는 지표라고 보면, 어느 면에서 나쁘기만 한 것은 아니다." 미국 컬럼비아 대학의 제프리 삭스 교수의 말이다. 경제학자들은 베이비 부머들에 의해서 완전히 변화될 시기를 2020년으로 잡았다. 최종적으로 노인들에게 유리한 쪽으로 세상이 바뀔 것이라니 걱정을 좀 놓아 볼까.

노년의 '유리벽'을
폐하라

소위 문명사회는 남녀평등이 이루어진 시대라고 한다. 요즘은 숫제 남녀평등이 지나치게 잘 된 나머지 외려 '역 남녀차별 시대'가 왔나 하는 착각도 하게 된다. 하지만 여성들 말로는 아직 멀었단다. 그 남녀평등이란 걸 한 꺼풀만 뒤집어 보면, 보이지 않던 '유리천장(glass cieling)'이란 게 가로 막고 있단다. 이를테면 여성이 사회에서 어느 정도 윗자리에 오르고 나서는 더 이상 올라 갈 수 없게 가로막는 이른바 관행이 그 '유리천장'이란 놈이란다.

여성들에게는 천정에만 유리천장이 있다. 그러나 우리 노년들에게는 사방이 가로 막힌, 유리천장 아닌 '유리벽'이 있다. 우리는 그 속에 갇혀 살고 있다.

구태여 남의 집 노인네 얘기를 들출 것 없이 내 집 얘기를 해 보자.

재작년에 돌아가신 내 어머니를 딸인 내가 어떻게 모셨던가. 돌이켜 보면, 언제부터인가 나는 말로만 어머니와 함께 살았지, 어머니와 어울려 살지 않았다.

우리 집에 달랑 남았던 세 식구는 끼니를 함께 먹지 않고 지내기를 20년 넘게 해 왔다. 사람이 늙어 가면서 전엔 생각도 못 했던 흉한 행동을 하게 되는 것을 어이하리. 언제부터인가 어머니는 음식을 흘리며 잡숫고 계셨다. 그뿐인가, 치아가 성치 못하니까 유난히 쩝쩝거리는 소리며 남은 음식을 닥닥 긁는 소리며…. 사위인 내 남편 앞에서 보이는 어머니 모습이 영 마뜩찮았다.

그 무렵부터 우리 집안에서는 세 식구가 한 밥상에서 끼니를 먹지 않게 되었다. 그런데 괘씸한 것은 내 남편이란 사람이 장모와 한 상에서 밥을 안 먹는 것을 은근히 다행스러워하고 있었다. 먹을 食 자와 입 口 자인 식구란 뭘 말하는가. 문자 그대로 함께 끼니를 먹으므로 한 식구가 되는 것 아닐까.

보통 우리 집 저녁나절 풍경은 이랬다. 어머니 밥상, 남편 밥상이 따로따로다. 그럼 내 밥상은? 나는 어머니가 안 되어 보여 내 남편하구 함께 밥을 먹을 수 없었다. 그렇다고 어머니 좋아하시라고 남편 혼자 밥 먹게 하기도 좀 그랬다. 그러다 보니 어머니는 어머니 방에서, 남편은 마루 식탁에서 그리고 나도 별 수 없이 내 방에서 상도 귀찮아

쟁반에다 놓고 밥을 먹는 이상한 풍경이 되고 말았다.

그런데 밥을 따로 먹는 것이 중요한 모멘텀이 되는 줄은 그때는 미처 몰랐다. 이 '따로 밥상'을 계기로 어머니는 어머니 방에 갇혀(?) 살게 된 것이었다.

어쩌다 애들이 다니러 와도 애들은 통과의례 모양 할머니 방에 고개나 삐쭉 들이밀고 인사 하는 것으로 끝이다. 모처럼 거실에 모여서 자식들과 다과를 들며 담소할 때도 어머니는 빠지게 됐다. 나는 재빨리 어머니방에 다과 한 접시를 따로 디밀어 놓는 걸로 내 할 일을 끝냈다. 내 어머니는 가족모임에, 그리고 가족들 담소에 거의 참석 못 하신 거였다.

내 어머니는 노년기 중에도 상노년기라서 그렇지, 이 글을 쓰는 나나 여러분은 아직 그런 대우를 받지 않는다고 생각지 마시라. 나도 벌써 젊은이로부터 그리고 자식들로부터 받는 대우가 심상치 않다. 가령 내 아들 쪽 친지에게 가족초대를 받는 경우, 자식 중에도 가장 이무로운 딸이 "엄마, 이 저녁 모임에 엄마까지 뭘 가요" 그런다. 이쯤 되면, 나 같이 당당한(달리 당당하다는 게 아니라, 이런 글 나부랭이라도 쓰는 어미임에도 불구하고) 어미도 그만 따라 나갈 용기가 나지를 않는 것이었다.

어찌 일일이 예를 다 들 수 있으리. 늙어가면서 사회에서나 가정에서 눈에 보이는 또는 보이지 않는 그 차별과 그 격리를 어찌 다 말 할 수 있을소냐. 여성들처럼 우리 노년들도 사방에 쳐 있는 유리벽을 뚫고 나가 자유롭게 살고 싶다!

우리를 슬프게 하는
편견 선입견

　내 선배 한 분은 병원에 갈 때마다 말없이 종이 한 장을 의사에게 내민단다. '××××년 ×월 ××증상으로 병원에 입원 / 혈압 혈당 검사: ××××× / 혈액검사결과: ××××× / CT촬영 결과 ×××× / ××××년 ×월 ××××병 수술, ××약 장기 복용 / 오늘은 ××××증상으로 내원' 식으로 병력을 미리 알리는 것이다.

　다 읽은 의사는 무겁게 입을 연단다. "말씀을 못 하시는군요." 그러면 "아뇨, 말은 청산유수올시다"고 답한다나. 그러면 그날은 엄살이나 떠는 수다쟁이 노인으로 낙인찍히지 않을 뿐 아니라, 정중한 대우와 치료를 받고 온다고 했다.

　사실 그렇다. 대부분의 의사는 노인환자를 보면, 으레 한 말 또 한 말 되풀이하는 것은 물론, 과장해서 증상을 얘기할 거라는, 게다가 그렇고 그런 성인병일 거란 선입견을 갖고 있는 듯하다. 그래서 열심히 병을 고칠 의욕도 없는 채, 나이 많은 환자를 대한다.(물론 그렇지 않은 대다수 분들에게는 죄송하다)

어디 병원에서 뿐이랴. 산지사방에 널려 있는 편견(agism)투성이는 가뜩이나 힘이 드는 우리 노년들을 어렵게 하고 있다. 그리고 우리를 슬프게 하고 있다. 여기서, 나는 앞으로 우리를 둘러싸고 있으면서 우리 노년들을 괴롭히고 있는 편견의 유리벽들을 하나하나 짚어 볼까 한다.

내 보기에 이제는 우리네도 얼추 남녀평등을 이루어냈지 싶다. 그러다가도 언뜻 여성들이 벌떼같이 일어서 대들 상상을 하면, 난 절로 고개가 움츠러든다. 그렇다. 여성들은 아직도 갈 길이 멀다. 아직도 고위직이며 여성 국회의원 수가 OECD 평균수준에도 못 미친다. 무엇보다 사람들의 의식수준은 내 보기에도 아직 갈 길이 멀고멀어 보인다.

하지만 아무려면 우리네 노인들만 하랴는 생각을 떨쳐 버릴 수가 없다. 우리 사회에서 여성들은 어느 만큼 올라 간 다음에는 보이지 않는 '유리천장'이 가로막혀 있다는 사실을 나도 안다. 여성들이 올라 갈 그 곳에 유리천장이 있다면, 우리 노년들에게는 보이지 않는 유리천장이 있다. 아니, 우리 노년들에게는 유리천장뿐 아니라, 사방에 아니 막힌듯 막혀 있는 편견투성이의 '유리벽'이 쳐져 있다. 눈에 보이지는 않지만, 이 유리벽이란 놈은 우리 노년들이 병원에 가면, 겉으로 친절하

48

게 보이는 의사가 있는 거기에도 있고, 그리고 밖에 나가면 저기에도 있고, 여기에도 있다. 집안이라고 유리벽이 없을 리 없다.

폴 투르니에(스위스 정신의학자)가 쓴《우리는 노년을 어떻게 맞이할 것인가》라는 책에 이런 편견의 현장을 표현한 구절이 있다.

"부부가 친정어머니에게 차를 권하고 있었다. 부부는 열심히 얘기를 주고받았지만, 늙은 어머니에게는 한마디도 건네지 않았다. 어쩌다가 '어머니, 차 한 잔 더 하실래요?' '이거 한 조각 더 드실래요?' 정도의 이야기만 했다. 부부는 어머니에게 보살핌과 친절을 베푸는 것 같더니만 모시고 나갔다. 그러나 그 어머니는 조금도 행복해 보이지 않았다"고 묘사하고 있다.

빛의 속도만큼 세상이 변한다고들 하지만, 우리 노년들도 빛의 속도 못지않게 많이 변하고 있다. 노인이라고 해서 다 아프고, 다 세상사에 어둡고, 다 가난하고, 다 할 일 없이 외로워 하기만 하는 게 아니다.

우리 노인에게만 세상 변화를 못 따라 간다고 지청구를 해대는 젊은이들을 보면, 나는 저들이 오히려 딱하다. 저들이야말로 세상변화의 한쪽에 대고는 청맹과니가 되어 있다. 그리고 젊은 저들은 자기들이 어느 한 면(노년세계)의 변화에 청맹과니가 되어 있다는 사실도 모르는 진짜배기 청맹과니들이다.

하고 싶은 말은
하고 살았으면

언제부터였던가? 무슨 일에 내가 의견을 낼라 치면, "글쎄, 엄만 좀 가만 계세요"다. 그래, 내 자식들이야 엄마가 이무로워 그러려니 할 수 있다. 그럼, 이무로운 내 자식들이 아닌 바깥세상은 어떻든가? 여기 역시 비금비금하다. 마지못해 노장들 의견을 들어 주는 척 하고 나서는 결국엔 자기들끼리 말 맞추고 자기들끼리 그대로 밀고 나간다. 세상이 어쩌다 이리 되어 버렸나.

어른들 말이 이 정도로까지 헐값에 흘러 갈 바에야 나는 숫제 입 다물고 살아 보자는 주의다. 그래서 어디 가서 얘기할 때도 우리 노년들은 말을 아끼고, 좋게 말해서 그렇지, 우리 노년들은 2선에 물러 앉아 저들, 저 젊은 것들을 지켜보자 하고 다녔다. 그리고 내 주장이 어느 일면 맞긴 맞는 말이다.

그럼에도 불구하고 세상 돌아가는 품새가 해도 너무 한다는 생각이 든다. 노인들이 주눅이 들어서 정작 '해야 할 말' '하고 싶은 말' 그리고 '해 달라고 하고 싶은 말'도 못하는 세상이 되었다. 돈 많아서 자식들에게 원도 한도 없이 베푼 부모들도 자식들 눈치 보기 바빠서 할 말을 씹어 삼키고 있다. 그러니 돈이 없어 자식들에게 손 벌려 사는 노인들은 차마 더 이를 말이 있을까 보랴.

어제 오늘 존엄사 논의가 한창이고 이제는 존엄사가 법으로도 인정이 되었다. 내 개인으로 말 할 것 같으면, 1992년인가 안락사가 인정되는 네덜란드라는 나라를 보면서부터 적극적인 안락사까지는 몰라도 소극적인 안락사, 나아가 존엄사를 찬성한다고 떠들고 다니던 사람이다. 그럼에도 불구하고 요즘 존엄사 논쟁에서 반대하는 쪽의 주장이 내 맘에 와 박히고 있다. 어느 일면의 의견을 그냥 지나칠 수가 없어서다.

다름 아니라, 이 반대 의견이란 게 바로 노인의 언론자유라는 문제점에 귀착되고 있었다. 쉽게 풀어 얘기해 보자면 이렇다. 가령 노인 본인은 맘속 깊이는 어떻게 무슨 수를 써서라도 좀 더 살고 싶은 욕망이 있다. 인간의 본능 아닌가. 그런데 이걸 어떻게 발설할 수 있단 말인가.

그러니 노인네가 당신 속내를 감춘 채, 염치를 차리는 노인으로써 "얘들아, 썩은 고목에 무슨 돈을 마냥 써서야 되겠니"라 하든가, 경제 문제를 떠나서도 '웬 생의 애착? 그만큼 살았으니 더 이상 삶에 애착을 보이는 것은 노욕이다' 하는 맘을 품은 듯한 자식들의 눈초리를 견뎌야 한다!

이들이 괜히 지레 주눅이 들어서 할 수 없이 존엄사를 하겠다는 소위 사전연명의료의향서를 적으면 어쩔 거냐? 이런 점이 존엄사 반대론자들의 근거 중 하나다. 세상의 그렇고 그런 것들이 사람의 생명보다 중요하냐는 거다. '그저 괜한 반대가 아니구나' 하는 생각에 나 같이 나이 든 존엄사 찬성론자 맘에도 와 닿았다.

우리 노년을 둘러싼 '유리벽' 중에는 노년들의 속내를 털어놓지 못하게 하는 것도 있지 않을까. 그 언로의 유리벽도 깨트리고 살 자유와 의무가 있잖을까. 일본의 소노 아야코란 분이 손주들이 먹는 과자가 먹고 싶으면 나도 먹고 싶다고 말 하고 손주들 과자를 같이 먹는 노인네가 훨씬 귀엽고 솔직해서 좋다고 했던 말이 생각난다. 그렇다. 잘 늙는 첩경은 그저 '정직'이다. 체면의 벽, 노년의 유리벽을 넘어서 말이다.

맘만 불편한
지하철 노인석

80세를 훌쩍 넘긴 나의 언니는 건강하다. 5살이나 아래인 나보다 더 꼿꼿하고 관절도 끄떡없다. 거기다 키가 162센티미터에다 체중이 45킬로그램이니 날씬하기까지 하다. 노후생활도 독립적으로 당당하게 잘 살고 있다.

우리 자매는 물론 '지공(지하철이 공짜)세대'니까, 외출할 때 지하철을 주로 이용한다. 그런데 지하철만 탔다 하면, 언니는 몸을 움츠리다 못해 그 작은 몸을 더 줄이려는 듯 어깨를 오그리고 고개까지 숙인 채 문 옆에 선다.

요즘 지하철을 타 보면, 노인석이 비어있을 때가 거의 없다. 언니와 나는 지하철 문 옆에 죄인처럼 다소곳이 서곤 한다(나는 하는 수 없이 언니를 따라서 그러지만). 우리 자매는 왜 그러는 걸까.

노인석은 어차피 우리 차례가 되는 적이 거의 없다. 물론 자리가 비어서 앉아 있을 때도 있긴 하다. 그러면 뭐 하나. 다음 역에서 늙었음을 코에 걸고 있는 듯한 남성 노인이 우리 앞에 떡 버티고 서는 상황이 온다. 심지어 어떤 때는 날 보고 일어나라고 명령을 하는 남성 노인도 있었다. 그러면 우리 언니는 괜히 편안히 앉아 있지를 못하고 전전긍긍한다. 나는 그 노인이 눈이 침침한 탓이려니 치부하고 태연한데, 언니는 전혀 그렇지 못하다. 거기다가 끙끙 소리까지 내가며 힘겹게 다가오는 여성 노인을 보면, 우리 언니는 마치 자동인형처럼 발딱 일어나서 자리를 양보한다.

　요즘은 낮에는 외려 일반석이 비어 있을 때가 있다. 그쪽에 가서 앉아 있다가도 젊은이가 앞에 서면, 우리 언니는 마치 젊은이의 권리라도 뺏은 듯 미안해한다. 그럼, 서 있으면 된다? 아니다. 일반석의 젊은이들 앞에 서 있자면, 마치 "너, 내게 자리양보 안 할 거냐?"라고 유세하는 것 같아서 싫단다. 이런 형편이니, 지하철 안에서 우리 언니는 출입문 옆에 다소곳이 서 있는 것 말고는 다른 방도가 없다.

　어느 미래학자가 노인석이 일반석이 되고, 일반석이 노인석이 될 거라고 예언했던 게 벌써 몇 해 전이었다. 노인인구의 폭발을 걱정하면서 하는 예언이었다. 나는 이 미래학자의 주장대로 일반석을 노인석으로 하자는 얘기를 떠들고 다녔다. 안 그래도 서울시인가 어디서도 일반석을 노인석으로 하자는 논의가 있었다는 얘기를 들었다.

그런데 어제 후배에게서 보다 합리적인 해결책을 들었다. 노인석 일반석 구분을 없애자는 얘기다. 그렇다. 안 그래도 노소, 좌우, 빈부 간의 소통이 안 되는 게 우리나라의 문제라고들 한다. 다른 글에도 쓴 바 있지만, 서구에서 살던 여성이 귀국해서 살아 보니, 참으로 "우리 나라 좋은 나라"라고 할 만큼 모든 게 편리해졌더란다. 노인 공경 구호도, 대우도 훌륭하단다. 그런데 노인들을 한곳에 잘 모셔만 놓았지, 도무지 노인들과 소통이 없더라며 아쉬워했다.

그렇다. 가정에서도 노인을 노인방에 모셔 놓고 아침저녁 찔끔 인사하고 끝이다. 저희들끼리 쑥덕쑥덕 몰려다닌다. 노인 시설은 전염병 병동 모양, 숫제 멀리 멀리 떨어뜨려 놓았다. 무슨 나라가 이렇게 노인들을 잘 모시면서 동시에 잘 모시지 않느냐고 했다. 소통이 없다는 얘기다.

지하철 안에서라도 노인석 일반석 구분을 없애 놓으면, 우리 언니처럼 노인석에도 못 가고, 일반석에도 못 가는 눈치꾸러기들이 한숨 놓게 되지 않을까. 더 나아가서 노소가 함께 어울려 있다 보면, 자연스레 저들의 맘을 여는 계기가 되지 않을까. 무엇보다 지하철 안에서조차 노인들을 한 구석에 몰아다 치워(?) 놓은 것 같은 모양새는 없어질 것이다. 어쩌면 이 작은 조치가 우리 노인들도 함께 세상을 살아가는 일원으로써 노인의 자존감을 세워 줄 수도 있을 것이다.

지하철에서라도 노소가 자율적으로 어울리는 자리를 만들면 작으나마 소통의 계기가 마련될 거라는 희망에서 하는 이야기다.

‘노인공화국’은
바라지도 않지만

93세에 돌아가신 어머니가 내게 늘 하시던 말씀이 있었다. "너는 늙은이를 몰라도 너무 모른다"고 하시면, 나는 "흥, 모르긴요~ 노인을 알다 알다 책까지 냈는데요~"라고 속으로 말대답을 했었다.

차마 입 밖으로 내뱉지는 않았지만, 이따위 말대답이나 해대던 내가 70 중턱을 넘어선 이 마당에 와서야 수시로 느끼는 것은 "그래, 그때 그 시절, 나는 노인을 너무 몰랐었지" "아~ 그 때 엄마는 이 먹통이 딸과 살면서 얼마나 막막하셨을까?" 싶은 후회와 함께 "너희가 게맛을 알아~?" 하던 탤런트 신구의 광고가 떠오른다.

모녀간에 20여 년의 시간차를 두고 앞서거니 뒤서거니 같은 공간에서 함께 늙어가면서도 이렇게 서로의 사정을 눈치채지 못했는데, 세상이나 공무원들에게야 "더 일러 무삼하리오?"다.

어쨌거나 지금 우리나라 정부는 일 년에 100조 원 넘는 돈을 복지에 쓴단다. 단군 이래 가장 많은 복지예산이다. 그 많은 돈을 퍼부어 어려운 사람들과 노인들을 도와주고 있다니, 세상이 좋아질 것이 명약관화하다. 근데 이상하다. 주위를 둘러보면, 왜 이리 어려운 사람이나 비참한 노인들이 많을까?

나 같은 사람이 거대한 나라살림을 가지고 감히 왈가왈부하는 것은 주제넘은 일이다. 하지만 여기저기서 들은 풍월에다 나의 무딘 감으로 봐서도 알 수 있다. 그 많은 돈이 효율적으로 쓰이는 것 같지 않다는 걸 말이다. 효율은 고사하고 얼마나 많은 돈이 새어 나갈지 상상해 보면, 잠이 안 올 지경이다. 모두들 천금 같은 내 돈이라 생각을 안 하는 모양이다. 그러기에 이리도 무사태평한 것 아닐까? 그 많은 예산을 내 돈 쓰듯, 알뜰히 꼭 써야 할 곳에 고루고루 "노인의, 노인에 의한, 노인을 위하여" 썼더라면….

노인의 노인에 의한 노인을 위해서는커녕, 공무원의 공무원에 의한 공무원을 위하여 빨리빨리 해야 할 일들을 느릿느릿 하고 있는 건 아닐까. 그 많은 돈을 가지고 요 정도로 미미한 손길이 겨우겨우 미친대서야 어디 이 나라가 온전하달 수 있는가. 경기도의 무한 돌봄 센터라던가. 여기는 도움이 필요하다고 인정되면 사흘 안에(여기서는 느릿느릿이 아니다!) 도움의 손길을 내미는 착하디착한 기관이라고 들었다. 그러니 세상에 절망은 없다는 말이 맞는가 보다.

어울리지도 않는 거대 담론은 접고, 나처럼 겨우 겨우 살아가고 있는 노인이 몸으로 맘으로 부딪치는, 노인의 노인에 의한 노인을 위하지 않아서 겪는 일들을 얘기해 보자.

내 주위에 어쩌다 결혼을 안 하고 사는 그야말로 올드 올드 미스 할머니가 있다. 이분은 가리늦게 나라 도움으로 톡톡히 편하디편하게 산다. 이분 사는 걸 보면, 내 심사가 좀 그렇다. 내 심보가 나빠서가 아니라, 요즘 외쳐대는 공정사회하고 좀 거리가 있어 보여서 그런다.

이분에게는 전세비와 생활비가 지원되고 쌀은 기본이고 반찬도 배달되어 오지만, 이분은 집에서 밥을 해 먹는 일이 거의 없다. 여기저기서 제공되는 공짜식사로 끼니를 해결한다. 절로 쌓이는 쌀로는 명절 때면 흰떡을 뽑아 친지들에게 팔기도 한다. 먹으라고 준 쌀이지, 떡 해서 팔라는 쌀이 아니잖은가. 이분은 코만 막혀도 병원행이고, 몸이 무겁다고 보건소 물리치료실에 가 눕는 게 일과다.

그런가 하면, 홀로 어렵게 사는 다른 분을 나는 알고 있다. 불행히도(?) 이분은 결혼도 했었고 아들도 있다. 쥐꼬리만큼 받는 노령연금마저 무능한 아들놈에게 뺏겨 가며 어렵게 살고 있지만, 자식이 있다는 이유로 복지 혜택을 못 받고 있다. 성품이 소극적이고 엄살을 떨지 못하는 연고로, 올드 올드 미스노인처럼 노인복지에서 받을 것 다 받지도 못하고 누릴 것 다 누리지도 못하고 있다. 복지지원금이 이렇게 한 곳으로 몰려 있어도 된단 말인가.

남의 얘기 그만 하고, 80대 노인으로서 노인의, 노인에 의한, 노인을 위하지 않아 겪는 내 고충을 얘기해 보자. 내가 즐겨 이용하는 지하철 '지공세대' 이야기다.

요즘은 노인을 위하여 지하철역마다 엘리베이터가 설치되어 있다. 많은 노인들이 나라에서 해 주는 혜택을 톡톡히 누리고 사는 셈이다. 고마운 일이다. 문제는 지하철역 양쪽에 시설을 해야 길 양편 사람들 모두가 이용할 것 아닌가. 그런데 현실은 그렇지가 않다. 역 한쪽 편에 엘리베이터를 설치했으면, 건너편에는 에스컬레이터라도 설치해야 공평할 것 아닌가. 지하철 시설 담당자의, 담당자에 의한, 담당자의 편의를 위하여 한쪽에만 엘리베이터와 에스컬레이터를 나란히 설치해 놓았다. 건너편 이용자들의 불편은 어쩌라고 왜 이리 한쪽으로만 시설을 만들까?

그런데 요즘 지하철 시설 담당자가 드디어 깨우쳤는지 건너편에도 에스컬레이터를 설치했다. 한데 돈을 아끼느라 그랬는지 올라가는 에스컬레이터만 설치해 놓았다. 내려오는 쪽 에스컬레이터는 설치하지 않은 곳이 많다.

'게맛'을 모르듯이 노인네 형편을 몰라도 너무 모르는 처사다. 노인들로선 층계를 올라가는 것은 힘은 들지만 위험하지는 않다. 하지만 내려오는 층계는 실제로 위험하다. 넘어질 확률이 많다. 그래서 내려오는 쪽 설치가 보다 급하다. 나는 지난번 내 책에서 내려오는 시설 설치가 우선되어야 한다고 지적했었다. 내 기억으로 조선일보의 박선희 기자도 이 점을 지적했었다. 얼마 전 TV서 홍혜걸 의학전문기자도 지적했었다. 지하철 공무원들만 모르는가? 나는 따지고 싶다.

그 다음 얘기. 이제 어렵게 층계를 내려 와서 아픈 다리를 끌고 지하철을 탔다. 늘 그렇듯이 노인석은 빈 좌석이 없다. 앉아 있는 젊은이, 대개는 자리양보 절대 없다. 그들은 예전의 나 모양, 맘속으로 이렇게 항변하는 듯하다. "저 끝에 당신네 노인들 자리 해 줬는데, 왜 맘 불편하게시리 내 앞에 버티고 서 있나요?" 어쩌다 젊은이 자리에 내가 앉고 앞에 젊은이가 서 있으면, 나는 불안하다. 저들은 분명히 이렇게 말하고 있는 것 같다. "아니, 차량 양 끝에 당신네 노인들을 위해 12자리 해 줬는데, 왜 우리 젊은이 자리에 앉아 있어요?"

이렇듯 노인의, 노인에 의한, 노인을 위한 서비스가 가정에서나 특히 병원에서 찾아 볼 수 없는 그 사연들을 어찌 다 열거할 수 있겠는가. 세상이 이렇게 노인의, 노인에 의한, 노인을 위하지 않고 굴러가다가 가다가 극단에 이르는 곳이 있다. 바로 저 죽음이 임박한 지점이다. 목숨이 다해 가고 있는 사람을 위한 배려보다는 가족이나 의사들 저들의, 저들에 의한, 저들을 위한 조처가 횡행하고 있다. 해서 가뜩이나 홀로 죽어가는 자를 더 고독하게 만들고 있다.

모든 서비스가 공급자 중심이 아니라 수요자 중심으로 바뀌는 그때 가서야 실질적인 복지가 이루어질 거다. '빨리빨리 나라'가 유독 잘못을 변경하는 데는 '느릿느릿 나라'가 된다. 고쳐서 좋아지기를 기다리다가 우리 노년들 필시 많이 죽어갈까 저어된다.

돈을 손에 쥐고서도 언제까지 노인을, 노인에 의한, 노인을 위한 복지정책을 고루고루 펴지 못할 건지 묻고 싶다. 심신이 눈부시게 건강한 젊은 저들이 언제까지 우리 늙은이들에게 이리 야박하게 굴어도 되는 건지도.

서둘러야 할
'나이 상관 않는 사회Ageless Society'

이 글을 읽으실 분들 가운데서도 직간접으로 아시는 분들이 계실 듯한 김옥라 선생님 얘기를 하려고 한다. 김 선생님은 2021년 세상을 떠나셨지만, 마지막까지 많은 일을 하셨다. 대충 생각나는 것으로도 세계여자 기독교 단체의 의장도 지내셨고 걸스카우트의 총재 등 많은 일을 하시던 분이다. 지금은 각당 복지재단을 통하여 '삶과 죽음을 생각하는 회'며 '무지개 호스피스' '자원봉사교육' 등 많은 일을 하셨다.

이분은 어딜 가나 처음 소개받을 때, 절대로 나이를 얘기하지 말아 달라셨다. 이 말을 듣고 처음에는 오해를 했었다. 근데 이 분의 설명을 듣고는 오해가 풀렸다. 90이란 나이를 먼저 밝히면, 사람들은 90이란 숫자에 온통 관심을 쏟느라 당신이 하는 얘기는 들을 체도 않는다는 것이다.

어디 김옥라 선생뿐인가. 집안 소소한 일에서도 언제나 걸리는 게 '나이'다. 가령 노인네가 식성이 좋아 잘 잡수면, "아유, 그 연세에 얼마나 잘 잡숫는데…"한다. 이 말투에는 어딘지 노인이 지나치게 먹어댄다는 뉘앙스가 풍기지 않는가. 반대로 노인이 잘 못 잡숫거나 하면, "아휴, 식성이 얼마나 까다로우신지…. 아무거나 덥석덥석 잡숫지를 않아 내가 힘들지" 하는 소리가 나온다.

더 나아가 홀로 된 노인이 소위 이성교제를 하려들거나 재혼이라도 생각해 볼라치면, 대개 자식들은 이구동성으로 "아휴, 그 연세에 무슨…" 하거나 십중팔구 안 듣는 데서는 "노인네가 주책이야…"하기 십상이다.

내가 아는 돈 많은 친구는 사람들이 나이 든 어르신 대접 한답시고 시도 때도 없이 "어르신" "어르신" 해대는 소리도 언짢단다. 이러다가는 머잖아 "아무개 옹(翁)"이라 불릴 것 같단다. 이 사람도 70대 초반이지만 사업이면 사업, 골프면 골프 누구 못잖게 잘 하고 있는 분이다.

흔히 노인네는 세상을 따라가지 못한다고 한다. 사실 그렇다. 컴퓨터며 최신 기기들 사용법이라든가 탁구공처럼 탁탁 빠르게 왔다 갔다 하는 젊은 저들의 유머를 채 알아듣지 못하는 때가 많다.

그렇다. 속도에서는 노인들이 젊은이들을 못 따라 간다는 데에는 더 할 말이 없다. 하지만 아주 나이 든 늙은이 빼고는 젊은 저들보다 더 깊고 더 넓게 사고한다. 거기다가 21세기는 장수시대가 아닌가. 미국 유엔에서 발표한 새 생애주기표를 보면, 0~17세를 미성년자, 18~65세를 청년기, 66~79세를 중년기, 80세 이후가 돼서야 노년기라고 한다. 이 주기표에 의하면, 할머니 할아버지라 불리는 많은 분들이 아직 중년인 것이다.

2023년 현재에는 새로운 신 노년세대(베이비 부머 세대)가 전체 인구의 14%를 차지하고 있다. 이들이 우리 세대도 듣기 싫어하는 노인 소리며 노인 취급을 쉽게 받아들일 리가 있나. 이런 형편임에도 불구하고 '말끝마다 나이를 들먹이며 노인으로 몰아 버릴 것인가'라고 젊은 사람들한테 물어보고 싶다.

우리나라는 세대차이며 노소 간의 간극이 세계에서도 가장 심각하다는 게 정설이다. 그럼에도 불구하고 시마다 때마다 나이, 그것도 한 세대 전 주기표에 따른 노인 타령만 하다가는 필시 새로 진입할 베이비 부머 노년들에게 왕따 당하기 쉽다.

우리는 우리 세대를 위하여 그리고 본격적으로 은퇴세대에 진입하는 베이비 부머들을 위하여 '나이를 상관 안 하는 사회(ageless society)'를 위한 채비를 서둘러야 한다. 늙든 젊든 말이다. 그것이 우리 세대의 책무며 후세대들에게 베푸는 선물일 될 것이다.

2

나이 들며
알아야 할 것들

'효심 총량總量 불변의 법칙'

엊그제, 79세 된 친지의 문상을 다녀왔다. 일생을, 노후에도 부러울 것 없이 사시던 분이 어느 날 느닷없이 감기 비슷한 폐렴으로 병원 중환자실로 실려 갔다. 그 후 8개월간을 그야말로 죽을힘을 쏟으며 병마와 싸웠다. 그러다가 결국은 중환자실에서 돌아가시고 말았다.

8개월간을 지극정성으로 아버지를 돌보던 막내아들이 눈물로 하는 말인즉슨, "사람에게는 '행복의 총량'이 있나 봐요. 일생을 남들에게 폐 끼치지 않고 잘 사시던 분이 마지막에 그 극심한 고통을 겪으며 가시는 것을 보면. 아버지는 78세까지가 사람이 누릴 수 있는 '행복의 총량'의 전부였나 봐요. 마지막 8개월간은 그게 고갈된 상태였기에 그렇게나 고통만 겪으신 거 아닐까요?"였다.

듣고 보니, 수긍이 가는 얘기였다. 그러고 보니 그리 험하게 살 분이 아닐 것 같은 분이, 그것도 애먼 고생으로 젊은 날을 사시던 분이, 말년에 와서 명성과 부와 행복을 누리는 것도 봤다. 이런 분은 아마도 젊어서 채 채우지 못한 '행복의 총량'을 가리늦게 채우느라 늦팔자가 피는 모양이다.

사람에게 '행복의 총량'이 있다면, 자식들에게는 '효심의 총량'도 있을 법하다. 자식들은 부모에게 효도를 하다하다 마지막 즈음에는 지치고 지루해 하는 낌새들을 보인다. 에둘러 남 얘기할 것 없이, 내 자신이 그랬다. 70에 돌아가신 아버지의 죽음 앞에서 나는 슬픔을 주체하지 못했다. 아마도 '효심의 총량'을 다 못 써서 그랬던 것 같다. 그러나 93세에 돌아가신 어머니의 죽음 앞에서 나는 슬퍼하기보다 담담해 했다. 어머니를 향한 내 '효심의 총량'이 다해서 그랬던 것 아닐까.

결혼해서 성가한 자식들의 '효심의 총량'은 자연히 줄어들 수밖에 없다. 자기 '가족'을 향한 맘이 '효심의 총량'을 깎아 먹는 모양이다. 이와 비례해서 아직 성가하지 못한 미혼자녀들의 '효심의 총량'은 온전히(?) 보존되고 있는 모양이다. 그러니 성가한 자식을 바라보는 부모의 맘은 섭섭함으로 가득 차 있고, 늦도록 결혼하지 않은(혹은 못한) 자식을 바라보는 맘은 안쓰러움만이 가득할 밖에.

부모의 마지막을 많이 지켜 본 의사들의 말이나 책을 봐도 그랬다. 이를테면 부모가 무의미한 연명치료를 받게 된 경우, 대개 성가해서 이성이 앞서는 성인 자식들은 연명치료의 중단 여부를 비교적 쉽게 결론 내린다. 무의미한 연명치료는 부모님 당사자를 힘들게 할 뿐 아니라, 엄청나게 불어나는 병원비도 고려해야 하기 때문이다. 하지만 미혼자녀인 경우, 연명기기를 떼어내는 순간, 엄마 혹은 아빠가 숨이 끊어지는 그 순간을 못 견뎌 한다. "큰오빠, 혹은 큰언니가 엄마 혹은 아빠를 죽게 한다"며 울며불며 소동을 부리는 모습은 비단 우리나라뿐 아니라, 외국에서도 왕왕 일어나는 사례다.

내 6촌 동생은 이러구러 어머니를 돌보다가 어언 60을 바라보는 노처녀가 되었다. 형제들은 각자 꾸린 제 가정에 몰두해 있다. 60 된 내 6촌 동생의 사랑의 대상은 어머니뿐이다. 지금은 치매에 걸린 어머니를 돌보면서 아직(?) 써 보지 못한 '사랑의 총량'과 '효심의 총량'을 자기 어머니에게 퍼붓고 있다. 덕분에 내 이모는, 비록 치매에 걸렸어도, 세상에 다시없는 행복한 노인으로 떠받듦을 받고 있다. 남아도는 '사랑의 총량'과 '효심의 총량'을 흠뻑 받고 있는 행복한 노인이랄까.

100세 시대가 다가왔다. 100세 장수의 비극이랄까 치명적인 점은, 청장년기는 늘어나지 않고 노년기만 늘어난다는 데에 있다. 그리고 문제는 또 있다. 자식들의 '효심의 총량'은, 길어진 목숨만큼 늘어나지 않는다는 사실이다. 그 옛날처럼, 부모들이 한 6, 70여 세쯤 산다면, 아마도 '효심의 총량'과 노부모 봉양기간이 얼추 맞아 떨어지는 셈일 게

다. 하지만 100세 부모를 향한 자식들의 '효심의 총량'은 고갈되지 않을 수 없을 것이다.

어쩔거나! 내남직없이 늙어서는 '효심의 총량'이 고갈됐을 자식에게 거는 기대를 깨끗이 접어놓고 살 궁리를 하지 않을 수 없는 시대가 되었으니.

같이 늙는 남녀,
각기 다른 처지

사람은 누구나 늙어 간다. 남자 여자 다 같이 힘들게 늙어가지만, 남자 여자가 똑같이 힘들까? 아니다. 늙기는 같이 힘들어 하며 늙어 가지만, 남성 노인들이 여성 노인들보다 더 힘들게 노년의 길을 간다. 주위를 둘러 봐도 그렇다. 여건상 여성 노인들이 유리하게 되어 있고 남성 노인들이 불리하게 되어 있다. 설마?

내 친구의 남편은 반평생을 국가기업을 일으키고, 관장하던 사람이다. 그 큰일을 하자니, 그야말로 불고가사(不顧家事)였다. 집안 돌아가는 모든 것은 아내인 내 친구의 몫이었다. 이사를 해도 모두 내 친구의 몫. 오죽하면 내 친구는 남편으로부터 온 전화를 받으면서 "xx동 xx아파트 x동 x호로 이사했으니 한번 놀러 오세요" 하는 지경이었다.

그러던 친구 남편이 은퇴하고부터 집안에서만 뱅뱅 돈다. 그 많던 친구는 어디로 갔는지…. 집안에만 있다 보니, 옴니암니 집안일 모두를 알고 싶어 했다. 자식일은 물론이고 처형이 외국여행 한다는 말에도 꼬치꼬치 캐묻는 남편에게 내 친구는 참다 못해 "아니, 언제 적부터 우리 언니 해외여행에 관심이 있었우" 하고 쏘아붙였단다.

이와 같이 저들 남성은 늙어가면서 생리적으로 여성화되기 마련이라 자연 성격이 꼼꼼해진다. 젊어서 씩씩하고 그야말로 남성다웠던 남자들이 늙어 가면서 여성스러워지고 내성적이 되어 간다. 활발한 대외활동보다 집안에서 지내기를 좋아한다. 자연 집안의 소소한 일이며 잘잘못을 뜯어보게 된다. 좁쌀영감화 하는 것이다. 땅바닥에 떨어진 '젖은 낙엽'처럼 부인에게 착 붙어 있다는 말이 이래서 나오게 됐다.

더구나 우리 세대는 나라가 산업화되어 가던 시절에 젊은 때를 보냈다. 그 시절의 남자들은 일을 하느라 새벽종이 울릴 때부터 집 밖에서 지냈다. 자연히 집안 일, 부모 공양, 자식교육, 재테크는 주부의 일. 이처럼 남녀의 역할이 딱 이분화되어 있던 시절이었다.

우리 세대의 여성들은 남편을 사회에 내 준 대가로 들여오는 쥐꼬리만 한 수입을 요리했다. 계를 하고(사회적인 비난을 무릅쓰고), 집값 올라갈 곳을 찾아서 부지기수로 이삿짐을 싸고 풀고 하면서도(복부인 소리를 들어 가며) 시부모 봉양, 자식교육 등 뭐 하나 소홀함 없이 하고 살아 왔다. 지금 다시 해 보라 하면 못할 것 같은 세월을 살아낸 것이었다.

이제 시부모 봉양도 끝내고 자식들 다 키워내고 나니, 여성 자신들이 늙어 버렸다. 늙어 가면서 평생 못 보고 살던 친구들을 찾아내서 어울리기도 한다. 해 보고 싶었지만 평생 못해 본 일(취미)도 해 보며 살고자 한다. 하다 보니, 어디서 내게 그렇게도 활달함이 있었는지 그야말로 제2의 인생을 사는 재미가 쏠쏠한 정도가 아니다.

이 모든 게 남성들과는 반대로 여성들은 늙어 가면서 여성성보다는 남성성이 발현되는 연고라서 그렇다. 이제사 나 자신을 찾아서 살아 보려는데, 어느 날 집안으로 들어온(은퇴해서) 남편이 집안을 돌면서 좁쌀영감으로 변해 잔소리를 해대고, 끼니에서 해방되려던 우리 여성들에게 새삼 밥순이를 하라니…. 삼식이(하루 3끼 먹는 남편)든 이식이(하루 2끼 먹는 남편)든 커다란 짐 덩어리 같기만 한 영감을 어이 할꼬…. 노년여성들의 탄식이다.

한편 우리 남편들은 반평생을 밖에서 사회생활만 하다 집에 들어왔다. 들어와 보니, 에미 자식이 똘똘 뭉쳐 똬리를 틀고 있는 집안에 남편이자 아버지인 자기가 끼어들 자리가 없다. 새삼 노년 남성들은 소외감과 외로움을 하소하게 됐다.

우리 시대의 불행한 부부상이다. 또 하나 첩첩이 우리를 둘러싸고 있는 또 하나의 '유리벽'이 아닐 수 없다.

치사랑 내리사랑
그리고 옛 사랑

"울 엄마도 어리광은 좀 있지~"

80세 된 나의 언니가 당신 딸한테 들은 소리였다. 내색은 안 했지만, 애들 하는 말대로 내심 쇼크를 먹었다고 했다. 한데 당신 딸이 그리 말한 이유가 언니가 "내가 늙어서~"란 소리를 자주 해서란다.

언니는 혼자서 깔끔히 사는 이른바 '독거노인'이다. 다행스럽게 아들과 딸이 가까이 살아서 내가 늘 "언니는 좌청룡 우백호를 거느리고 사는 행복한 노인"이라고 해댄다. 진짜로 아들딸이 효성스럽다. 어리광 소리를 들은 날도 요리 잘하는 딸이 일주일에 한 번씩 "노인네 영양보충시켜 준다"며 초대한 자리에서 나온 소리였다.

이 얘기를 들으면서 상상해 봤다. 만약에 내 언니가 늙었다는 소리가 아니라 "난 아직 팔팔하다"는 소리를 입에 달고 살았다면 뭐라 했을까. 아마도 필시 "나이 든 것은 모르고 젊은 체"만 하는 얄미운⁽?⁾ 노인으로 낙인찍히지 않았을까.

가령 노인네가 잘 잡수면 "우리 시어머니 식성이 얼마나 좋으신데~" 반대로 잘 못 잡수면 "시어머니 식성이 보통 까다로우셔야지~"라고들 한다. 이 말의 뉘앙스는 그리 썩 유쾌하지는 않은 듯하다. 하지만 똑같은 상황을 내 자식이나 손주에게 대입해 보면 뭐라 할까. "잘두 먹지~"하며 더 할 수 없이 귀엽고 예쁘게 볼 것이다. 하지만 반대로 손주애가 잘 못 먹으면 "아이구, 얘가 병이 났나?" 하며 걱정이 태산이 된다.

이런 상황은 뭘 뜻하는가. 소위 말 하는 '치사랑'과 '내리사랑'의 차이다. 이런 상황은 어쩔 수 없다. 우리들도 젊어서는 그랬었다. 요즘 젊은이라고 특별히 그러는 게 아니란 말이다. 이건 자연의 순리다. 뉘라서 자연의 순리를 거스를 수 있단 말인가.

평균 나이 70여 세에서도 노인은 이런 취급을 받아 왔는데, 바야흐로 평균 나이 100세 시대가 왔다고들 한다. 지금보다 30~40년을 더 살자면, 어떤 상황이 벌어지려나? 생각해 보면, 아찔하다.

정신 바짝 차려야 하는 시절이 우리 노년들 코앞에 닥쳤다. 매주 엄마를 모셔다 영양보충을 시켜주던 나의 조카딸도 30~40년을 더 하라 한다면 아마도 겁나지 않을까. 나의 어머니도 90 전후에 당신 생신 애기를 꺼내면, "아이구, 지겹다. 생일도 하두 오래 하니, 지레 내가 지겹다"고 하셨다.

효성도, 생신 챙기기도 심지어는 모정, 우정 그리고 애정도 모두 탈색되어 가는 시절이 되지 않을까. 우리 모두가 100여 세를 사는 게 아니다. 선택된 사람만이 100여 세를 산다. 그리 살자면 친구를 앞세울 수도 있고, 더 나쁜 것은 자식들도 내 앞에서 먼저 가는 비극적인 사태가 아니 생긴다고 뉘라서 장담할 수 있는가. 나는 사람이 사는 데 '관계'가 중요하다고 생각한다. 근데 100세를 살자면, 이 귀중한 '사람과의 관계'가 사라질 것 같아 겁이 난다. 나의 사랑은 모두 '옛 사랑'이 되어버릴까 슬프다.

일찍이 자크 아탈리라는 프랑스 학자가 그랬다. 미래에는 친구나 직업은 말할 것도 없고, 배우자도 몇 번 바뀌어 우리의 고손자뻘 되는 아이들은 부모를 너댓 명은 갖는 시대가 될 거라고 했다. 이를테면 친아버지 어머니, 의붓아버지 어머니 다시 아버지의 또 다른 부인이자 어머니… 뭐 이런 식의 가족이 될 거라고 했다.

이 지점에서 우리 노년들은 소위 유연성을 키울 필요가 있다. 옛것만을 고수하다가는 살 수 없는 것이 장수시대다.

남정네들이여,
동료애를 발휘하라!

요즘 내 보기에, 내 자식 남의 자식 가릴 것 없이 사내 녀석들을 보면 딱하다. 아니, 숫제 여성들에게 매여 있는 족속들 같다. 지금 내 앞을 걸어가는 젊은 남녀를 봐도 그렇다. 여자애는 온갖 치장을 하고 하이힐을 또각거리며 걷고, 그 옆에서는 후줄근한 차림의 녀석이 구럭같이 커다란 여자애 백을 들고 따라 간다. 어디 놀러라도 가는 차림새를 보면, 이건 한 술 더 뜬다. 말라빠져서 기운이라고는 없어 보이는 사내애라도 제 배낭, 여자애 배낭 그리고 또 무슨 짐까지 몽땅 둘러메고 가다가도 "오빠~" 하는 코맹맹이 소리에 여자애마저 둘러업을 태세로 뛰어 간다.

결혼생활을 하는 젊은 부부들을 보면, 우리 시대 시에미들은 어안이 벙벙, 입을 닫을 길이 없다. 남의 얘기 할 것 없이 내 아들네 부부를 봐도 그렇다. 밤에 칭얼대는 애기를 깨어서 안고 달래는 건 내 아들이다. 내 아들의 기저귀 가는 품새! 이건 프로 중의 프로다. 보다 못한 내 어머니(시외할머니)가 "아니, 쟤(손주며느리)가 서방을 머슴 부리듯 한다" 했을 정도다. 나는 급하게 입으로 손을 가리는 시늉을 하면서 어머니 말을 막아야 했지만 말이다.

생각을 잠깐 돌려 보면, 요즘 남자애들은 우리 시대의 남정네들 같지 않게 노후준비를 차곡차곡 잘 하고 있는 셈이다! 안 그런가? 우리 시대 남정네들은 요즘 남자들과 달리 불고가사(不顧家事)라 해서 집안 일을 돌보지 않고 밖의 일만 일로 치부하며 살아 왔다. 그러다가 다 늙어서 맞닥뜨리는 우리 시대 남정네들의 어려움을 보라.

가정의 주인은 주부다. 주부는 일생을 가꿔 온 가정이란 터전에서 늙음을 맞이하니, 새삼 터전을 옮기는 어려움 없이 살던 터전에서 노후를 맞닥뜨리는 셈이다. 남정네들을 보라! 집 밖이 자기 터전인 양 집 밖에서만 놀다가 은퇴하면 가리늦게 가정이란 터전으로 이사를 온 셈이잖은가! 다 늙어서 터전을 옮겼으니 모든 게 생소할 수밖에.

원래 고목을 옮겨 심으면, 싱싱하게 자라는 게 수월찮은 법이다. 거기다가 남정네의 있을 자리도 마땅치 않다. 내 가정이지만, 거기에는 이미 아버지 없이도 자리 잡아 놓고 에미 자식이 똘똘 뭉쳐 있다. 가장인 아버지 자리가 어정쩡하다. 아버지 역할도 별 볼일이다. 다 자란 자식들에게 아버지의 존재란 그렇고 그렇다. 일생을 개미처럼 돈 벌어다 줬더니만 아내는 마치 제힘으로 가정경제를 꾸려왔고 자식들도 잘키웠다고 여기는 듯하다. 이제는 가장인 남정네의 쓸모가 흐릿하니, 아니 흐릿하기는커녕 마치 커다란 짐덩이가 집에 들어온 것 같다고들 한다.

별수 없다. 현대란 사회는 배워야 살 수 있다. 다 늙어서도 배워야 하고 새로운 세상에 적응해야 살아갈 수 있다. 요즘 남자애들 모양, 젊어서부터 아내에게 헌신하고, 안 해 봤던 집안일도 이제라도 해 보는거다!

"가리늦게 내가 왜?" 하면 안 된다. 순전히 늙어서 나 살기 위해서 해야 하는 거니까. 일본 소설에 나오는 할아버지 모양, 우선 혼자 사는 훈련을 해 보는 거다. 그래도 세상에서 가장 이무로운 존재는 아내다. 이 아내라는 선생 앞에서 라면도 끓여 본다. 허구한 날 외출하는 아내에게 눈치 줄 것 없이, 그래도 아내가 끓여 놓은 곰국을 녹여서 데워 먹어도 본다. 해 보니 그 맛도 괜찮다고들 한다.

똘똘 뭉쳐 있던 에미 자식도 어느새 자식들이 떠나가 버렸다. 빈 둥우리에 달랑 남은 다 늙은 양주! 이제는 남편도 아내도 아니다. 남자가 하는 일, 여자가 하는 일의 구분도 없어졌다. 말없이도 서로를 알아채는 노부부는 자연스레 '동료'로 자리매김 되어갈 것이다. 우정과 동료애를 가지고 함께 취미도 가꿔 보다가도, 따로 노는 것도 평상심으로 바라보는 것! 이것이야 말로 노부부의 유리벽을 치우는 것일 터이다. 가정으로 새로 전입한 남정네들을 가로막던 유리벽을 깨는 계기도 될 것이고.

'노후 준비 1호'는
홀로 서기 훈련

결론부터 말해서, 요즘 세상에 노년기를 자식네서 함께 보낸다는 건 힘들다. 어려운 건 아들네고 딸네고 가릴 것 없이 다 어렵다. 유대인 지혜서를 보면 악처와 살아온 남편네는 절대 지옥에 안 간단다. 어려운 결혼생활을 견딘 사람들은 요다음 지옥에서 겪을 고통을 미리 치르는 격이라서 죽을 무렵에는 얼추 죗값이 치러진다니, 이 또한 참을 만하지 않은가.

근데, 글쎄, 불행한 결혼생활보다 더 힘들어 보이는 자식들과 함께 살이를 애서 해 봐야 무슨 혜택이 있을까? 없다. 혜택은커녕, 같이 살면서 자식들한테 못할 노릇깨나 시켰구나 하는 눈총이나 받기 십상이다. 반대로 자식들은 부모와 같이 살았다는 그 사실 하나로도 세상에서는 무조건 효자, 효녀라는 칭송이 돌아온다. 요즘같이 공정사회를 외처대는 세상에서 이런 판정은 우리 노년들에게 얼마나 불공정한 건가.

자식들과 사는 게 왜 그리 어려울까. 이유는 간단하다. 세상이 많이 바뀌었기 때문이다. 바뀌어도 엄청 바뀌었기 때문이다. 농경시대 모양 변화가 있는지 없는지 모를 정도로 평화로이 한곳에서, 같은 방식으로 같은 사고와 가치관을 가진 "아들 손자 며느리 다~ 모여서"라는 동요 가사대로 사는 세상이 아니기 때문이다.

요즘은 찾아보기도 힘들지만, 어쩌다 자식네와 함께 사는 노년들을 보면, 딱한 것이 몸만 함께 살았지, 하나에서 열까지 모든 것이 노년세대와 자식세대 따로다. 생활하는 패턴이 같은가, 입맛이 같은가, 취미가 같은가. 그러자니 함께 사는 가족 간에 대화다운 대화가 없고, 함께 누리고 즐기고 나눌 것들이 거의 없다.

자연스레 젊은 것들은 저희끼리 쑥덕쑥덕 어울린다. 아니면 스마트폰이니 컴퓨터를 가지고 홀로 놀고 있는 자식들 속에서 노인들은 철저히 소외되기 마련이다. 소위 노인을 모시고 산다는 집의 노인도 그 집안에서 쓸모없이, 하지만 그 자리에 언제나 서 있는 가구나 화분 같다. 그러자니 '군중 속의 고독'이란 말은 가족들 속에서 외로이 사는 노년에게 해당되는 말 아닐까.

원천적으로 자식네와 함께 사는 게 힘들지만, 그래도 정 많고 말이

통하는 딸네와 사는 게 나을 거라는 막연한 생각을 하는 사람도 있다. 이 역시 결론부터 말하자면, 이 역시 "아니올시다"다. 첫째 딸네는 사위라는 '백년손'이 있다. 딸네를 다녀 온 분들이 자기 집에 들어서자 하는 첫 번째 코멘트는 "아~ 자유롭다. 속옷 바람으로 있어도 신경 쓸 게 없으니…"라지 않은가. 둘째, 딸이 표도 안 나고 끝도 없는 살림살이에 뱅뱅 돌아가는데 내 몸 불편하다고 앉아 있을 수 있겠나. 옛 말씀대로 '서서' 밥을 먹는 곳이 딸네다. 앉아 있는 게 가시방석이다. 더 중요한 것은 의관을 안 갖추고 풀어져 사는 건 좋다. 근데, 이게 지나쳐서 모녀 아니면 부녀간에 예의상 절제하고 속에 담아 둘 필요 없다고 여겨 서로가 거침없이 감정을 드러낸다. 그러다 보면, 딸과 싸움까지는 아니더라도 충돌이 잦게 된다.

거기다가 성인이 된 자식 눈에는 세월 따라 퇴화해 가는 부모의 부정적인 면이 눈에 띄게 마련이다. 이 지점에서 세상의 딸들은 이무로운 마음에서 충고를 하거나 고치라고 부모를 다그친다. 하지만 부모 세대는 이제는 푹신 늙어져서 남의 소리를 못 듣는 상태가 되었다. 여기서 모녀간의 다툼이 시작되고 이게 반복되면 감정의 응어리가 쌓이게 된다.

그럼 아들네와? 이것 역시 절대 불가. 첫째, 사랑이나 정이 아니고 법으로 묶인 가족, 며느리와 사는데 어찌 편할 수 있으리오. 딸네서 자유롭던 옷매무새도 갖추고 시부모 처신을 세우며 한 여름을 지낸 시아버지가 땀띠로 고생했다는 얘기는 흔하디흔한 에피소드다. 그럼 딸네서 서서 먹던 밥을 며느네서는 당당히 앉아서 먹을 수 있나? 재벌이나 대통령 버금가는 수준의 부모가 아니라면, 요즘 어디 아들네라고 앉아서 당당할 수 있단 말인가. 요즘 젊은이들은 으레 바쁘다. 부모 봉죽들어 줄 아들 며느리는 없다. 한 가지, 표면상으로 충돌이 뜸해 보이는 것은 단지 세상 법도가 있어 노소가 자제하기 때문일 뿐이다. 정은 없이 의무감 때문에 마지못해 대하는 그런 속에서 노년이 견뎌내기란, 이거 보통 어려운 게 아니다.

그럼 늙어서는 누구랑 살까. 그래서 '홀로 서기'가 진정으로 필요한 시기는 아이러니컬하게도 노년기다. 내 몸, 내 육신 움직일 수 있을 때까지는 노부부끼리 아니면 혼자 홀로서기 할 각오를, 나는 '노후 준비 1호'로 꼽는다. 늙어서 '품격 있는 고독' 속에 살 것인가 아니면 이 고독이 겁나서 아들 손자 며느리 속에서 또 다른 '하위 고독' 속에 살 것인가는 각각의 사람들에게 선택권이 있다.

현대는 다양성의 시대. 어찌 홀로 아니면, 자식과의 생활만 있겠는가. 내가 아주 늙었을 때 가 볼까 하는 '실버 홈' '실버타운'이란 게 있다. 가족과의 삶이 아닌 어떤 '시설'에서의 노후라면 눈도 돌리지 않고 거부감부터 드러내는 건 구시대적이다. 우리 노년 모두 생각의 틀을 바꿔야 하는 시대가 왔다! 재력과 취향에 따라 지금도 여러 종류의 기관이 있지만, 앞으로는 보다 합리적이면서 쾌적한 곳이 많이 생길 거라는 희망을 나는 가지고 있다.

그럼 자식네 하고는? 우리 모두는 장수시대에 살고 있다. 오래 살 것이기에 자식들의 효심이나 돌봄을 너무 일찍부터 써먹다가는 긴 세월 닳아 버릴까 저어된다. 자식들의 '그것'은 요 다~음에나, 요 다~음에 우리 마지막 즈음에나 쓰겠다는 각오를 하고 있다.

우리네 보물인 자식들의 '그것'은 닳지 않고 다치지 않게 잘 싸서 장롱 속의 보물처럼 아껴 두고 멀리 놓아두고 보는 게 수다.

자식네와
따로 또 같이 살기

늙어서는 딸네와 살 건가 아들네와 살 건가를 얘기했다. 그런데 주위를 돌아보니, 아들네와만도 딸네와만도 아니면서 아들딸 구별 없이 자식네들 모두와 함께 오순도순 사는 방법이 있더라는 얘기를 하려 한다. 아마 이 지점에서 입맛이 확 당길 사람들은 노년의 길에 막 들어설, 그러니까 구체적인 나이를 들먹여 보자면, 글쎄, 새로 노년 바운더리에 막 진입하려는 베이비 부머들에게 해당되는 얘기일 듯하다.

1960년대 쯤, 그러니까 강남이 지금처럼 개발되지 않았던 시절에는 소위 재벌급들은 효자동이나 성북동, 그쪽에 널찌감치 터를 잡고 집을 두 채 짓고 살았다. 한 집에서는 노부모가, 한 집에서는 아들(그렇다, 주로 아들네다)네와 그야말로 '수프가 식지 않는 거리'에서 살기도 했다.

세월이 흘러 지금은 높은 담장 속에 있던 집들은 흔적도 없이 무슨 시설이 들어섰다. 집만 없어진 게 아니라, 당당하던 그 시절의 부모들 모두 지금은 흔적도 없이 사라졌다. 꽃 같았던 자식네도 이제는 너무 늙어서 인공호흡기며 관을 몇 개씩 꽂고 연명을 하고 있거나 참척같은 일을 겪고 폭삭 늙어 버려 상노인네로 근근이 목숨들을 부지하고 있다.

현대에 와서도 자식네와 거의 한 울타리 같은 한 마당에서 아들네 딸네와 살고 있는 문화계 유명인도 있긴 있다. 엊그제《나는 죽을 때까지 재미있게 살고 싶다》(이근후 지음)를 읽어보니, 이 분은 4남매 내외와 손주들 그리고 노부부 해서 13식구가 한 건물에서 오순도순 살고들 있단다. 몇 층 건물을 장만해서 한 층에서는 노부모, 한 층에서는 딸네, 한 층에서는 아들네 하는 식으로 사는 거다.

"따로" "또 같이" 정신을 철저히 살려서 각자 살고, 식사도 당번제로 돌아가며 맡는단다. 80 노부모의 운전도 도와주지만 형편이 안 되면 자식들이 가차 없이 거절하고 그러면 부모는 택시를 탄다, 뭐 이런 식으로 쿨하게 산다는 얘기였다.

이렇게 박사 부모 주도하에서 '함께' 그리고 '따로' 사는 식 말고도 내 알기로 형제가 어렵사리 돈을 함께 모아서 조그만 건물을 지어 홀로 된 어머니와 아들 딸네가 아래 위층으로 사는 예쁜 형제네도 봤다. 그런 형제들 새에 끼인 엄마는 참 좋겠다!

무엇보다 내가 가장 부러워하는 경우는 교수 남편이 돌아가고 여리디여려 보이는 부인(그래도 전직 국회의원이었다)을 자식들이 달랑 산자락 밑 새 아파트로 이사시킨 경우라 하겠다. 집만 새 아파트가 아니라, 세간 등도 조그맣고 깨끗한 새것들로 장만해 드렸다. 형제들 몽땅 한아파트에서 누구 주도하에 모여 사는 것은 아니지만, 그 아파트 위층에 사는 아들네와 가까이 사는 딸들이 오면가면 어머니 집을 들여다보기도 하고, 어머니 부축하고 뒷산 산책도 시켜 드리고….

또 한 사례는 딸네와 함께 살 계획을 했다가 그 계획을 접은 내 친구의 경우다. 이 친구는 아래 위층 널찍한 집에 마당의 잔디가 아름다운 단독주택을 지니고 있다. 지금은 영감 마누라가 잘 살고 있지만, 아주 늙어서 심신을 잘 못 움직이거나 누군가 홀로 남게 될 그 때가 되면, 이층에 딸네를 따로 살게 할 거란다. 아래층에는 홀로 된 영감 혹은 마누라가 살되 위층의 자식들이 드나드니, 적어도 죽어서 시체가 며칠씩 방치되는 일은 없을 거 아닌가 하는 계획이었다.

나는 듣고 나서 즉각 그 계획의 현실성이 있음을 인정했다. 벌써 사위는 처갓집에 오면, 마치 제집 간수하듯이 집 앞뒤를 돌보곤 한단다. 이 계획이 현실성이 있다고 보는 이유는 무엇보다 내가 어렸을 적부터 보아 온 친구의 딸 때문이다. 이 딸은, 내가 명명했듯이 동화 속의 착한 주인공 같은 아이였다. 필시 부모에게 따뜻한 딸아이일 터였다.

근데 어느 날, 친구는 날더러 내 딸에게 물어 봐 달란다. 친구 계획대로 사는 걸 어찌 생각하느냐고. 나는 내 친구도, 그 친구의 딸도 잘 아는 내 딸에게 물었다. 그리 사는 데 대해 어떻게 생각하느냐고. 그런데 의외의 답이 돌아 왔다. 내 딸은 자기는 그 환경에 처해도 친정부모와는 한집에서 함께 안 살 거란다. 서울 같은 도시에 번듯한 집이 공짜로 생겨도? 그래도 싫단다.

　내 초등학교 시절 남자 친구는 아버지가 15년간 반신불수로 살았다. 한데 아버지를 모신다면서 아버지를 뒷방에서 홀로 살게 할 수는 없더란다. 하지만 자식들이 냄새난다고 할아버지 방 근처에도 안 오는 걸 보고 대책을 세웠단다. 우선 아버지 방의 바닥을 목욕실 같이 만들었다. 그리고 한쪽에는 식탁도 꾸몄다. 아버지 방에서 냄새나는 몸도 씻겨 드리고 그 옆에서는 온 식구가 끼니를 함께 했다. 처음에는 냄새 난다고 안 오던 애들에게는 식사 때 안 오는 자식은 밥도 용돈도 없다고 선언한 거였다.

　내 친구의 아버지는 세상에 다시없는 행복한 할아버지였다. 누워서 온갖 궂은 일을 치렀어도, 아들 손자 며느리 북적북적 그 방에서 복닥이는 모습을 보면서 누워 있었으니….

　하지만 이 얘기는 아직도 우리나라 가장들의 권위가 하늘을 찌르는 듯 하던 6, 70년대 얘기다. 거기다가 그 시절 돈의 권위는 오죽했던

가. 요즘같이 가장의 권위가 밑바닥을 치는 시절에는 어림도 없는 얘기다. 좋은 집보다는 개인의 프라이버시나 각자의 들쭉날쭉한 개성을 제일로 치는 시대이니 말이다.

그래서 나는 한 울타리에서 자식네와 함께 그리고 각자 행복하게 사노라는 유명인들의 얘기에서 나는 다른 한 쪽의 그늘을 본다. 가장의 '권위'라고 하면 질색들을 하겠지만, 종래의 우리가 생각하던 권위가 아니라 한층 업그레이드 되고 현대적인 권위의 아우라가 있는 유명인 가장의 주도하에 함께 사는 집 얘기다. 어쩌면, 다른 한쪽의 가족 누군가가 희생되고 있을 거라는 가정 말이다. 자유롭고 이상적으로 산다는 이근후 박사댁에서도 손주가 할아버지가 음식을 흘리며 잡수는 게 싫어서 식탁에 오지 않겠다던 에피소드가 있었다.

내 딸이 내 친구 딸의 형편이라면 친정과 함께 안 살겠단 이유도 제 남편의 개성이나 어쩌면 가장으로서의 주도권이 상처 입을 것을 걱정해서일 거다. 아무리 소통과 거절이 자유롭다 했지만….

권위는 버리고
마음은 비우고

나이를 한껏 먹은 요즘에 와서 나는 이런저런 주선이랄까 소개랄까 그런 잡다한 일에서 손을 뗐다. 이를테면 친지끼리 다리 놓아줄 법한 중매 자리도 모르쇠하고 지냈다. 하긴 내 나이 탓 말고도 이즈음 세태라는 것이 그렇다. 아는 사람끼리 다리 놓아주는 중매 같은 건 사라졌다. 대신 사람들은 중매 전문업체들을 찾아 가는 모양이다.

각설하고, 조카 손주뻘 되는 38세 청년하고 내 후배의 딸인 36세 처녀를 만나도록 주선하는 일을 내 언니와 더불어 도모하는 중이다. 저희들끼리 서로 연락해서 만나라고 했다.

그런데 81세지만, 지극히 쿨한 언니가 소위 노인 특유의 오지랖 넓음을 발휘하지 않는가! 즉 개네들 직장이 각각 여의도와 시내니까 아무 날 토요일에 중간 지점인 마포에 있는 무슨 호텔 커피숍에서 만나도록 연락하라고 내게 지시하는 것이었다. 이 대목에서 소위 노년을 다루고 있다는 나로서는 언니에게 충고하지 않을 수 없었다. "서로 다리만 놔주었으면 됐지, 언니나 내가 왜 걔네들에게 몇 월 며칠 어디서 만나라고까지 지시합니까? 저희들이 알아서 하게 놔둡시다"라고.

내 친구는 아들딸이 다 외국에서 살고 있다. 더구나 그 자식들이 서구식 사고를 하니까, 어머니의 충고나 지시가 먹혀들지를 않는다. 그러나 이 친구는 충고, 지시, 명령의 욕망을 주체할 길이 없는지 그저 주위 아무에게나 "이래야 하는 거다" "저래야 하는 거다"를 남발하고 살고 있다.

이와 같이 우리 노년들은 내남직없이 가르쳐 줄 게 많아서(?) 저물도록 충고하고 지시하고 명령하고 싶은 열망 속에 살고 있나 보다. 살아온 세월의 두께가 두꺼울수록 비례해서 가르쳐 줄 게 많을 것이다.

생각해 보면, 옛날 노인들은 지금 노인들보다 행복했지 싶다. 후세들에게 맘껏 가르쳐 줄 수 있었으니까. 내가 자주 인용하는 "집안에 노인이 없으면 어디서 꿔라도 오라"는 그리스 속담대로 그 시절에는 먼저 살았던 노인이 뒤에 오는 젊은이에게 모든 걸 가르쳐 주어야 했으니까. 그렇지만 지금은 어떤가. 손가락만 한 번 누르면 컴퓨터에서 최신 지식이 쏟아져 나오는데, 케케묵은 노인들의 지식이나 가르침이 필요할 리가 있는가.

나는 우리 시대의 노년들의 위상이 형편없이 낮아진 원인이 크게 두 가지라고 본다. 그 하나는 노인이 너무 흔해진 그것이다. 장수 탓이다. 그리고 또 하나가 먼저 살아 온 우리네가 터득한 모든 것들을 젊은 저들이 거들떠볼 필요가 없어진 것이다. 후세 사람인 저들을 가르치기보다는 되레 우리 노년들이 젊은이들에게서 새로 쏟아지는 것을 날이 저물도록 배워야 할 판이다.

배우는 데에도 쟤네들이 답답해 할 만큼, 우리는 굼뜨다. 그러고도 돌아서면 잊어버리는 통에 다시 반복해서 배워야 한다. 노인들 체면이 영 말이 아니다. 원래 아는 것이 많은 사람이 우위에 서는 것은 만고의 진리이니 말이다.

IT 지식이 지금처럼 보급되지 않았던 시절이었음에도 불구하고 진작부터 노년이 되면 가장 먼저 할 일이, 마음을 한번 바꿔 먹어 보는 것 즉 '회심'이라던 이가 있다. 바로 스위스의 정신의학자인 폴 투르니에다. 그에 따르면 늙어가면서 우선 마음을 한번 돌려 먹는 태세 전환이 필요하다. 즉 지금까지 살아오던 대로 살지 말고 삶을 전 방위적으로 바꿔 보란 이야기다. 지금까지 살아왔던 너무나 세속적인 것, 너무나 타산적인 그런 것에서 좀 벗어나란다.

이처럼 삶의 태도를 바꾸려면, 먼저 해내야 할 것이 있단다. 그것은 바로 명령권자의 위치에서 내려오는 것이다. 이는 명령을 내릴 수 있는 권한을 부리지 않는 것이란다. 동시에 지시하고 충고하던 타성에서도 올스톱 하란다.

심지어는 부모로써의 권위도 발휘할 필요가 없단다. 설령 권위가 남아 있는 경우라도 젊은이들 위에 군림해서도 안 된단다. 하기야 우리는 이미 부모로서의 권위를 부리기보다 자식 며느리 눈치 보기 바쁜 세상이 되지 않았던가.

남기고 지켜내야 할 것 하나는 있다. 그것은 노인으로서의 정서적인 권위다. 정서적인 권위 외에 모든 것들을 포기하고 있으란다. 그러다 보면, 저들이 아쉬워서 먼저 찾아오는 그런 때가 있단다. 그제서야 우리 노년들은 마치 아껴 두었던 그 어떤 것, 즉 정서적인 권위를 지닌 채, 마치 아까운 것 꺼내 보이듯이 상담역 같은 것을 해 줄 수는 있다고 한다. 지시, 충고, 명령을 남발했던 노년에게는 불가능한 일일 것이다.

충고란 강매해서는 안 되고, 존경심이란 갈구한다고 얻어지는 건 아니니 바른 충고로 들린다.

호기심을
업그레이드 하자

　내남직없이 부모들은 자식과 어울리고 얘기하기를 좋아한다. 그런데 불행하게도 이들은 어느 때부터인지 부모와 말을 섞으려 들지 않는다. 이 증세는 사춘기(요즘은 애들이 일되어서 초등학교 적에도 시작한다) 전후에 시작해서 나날이 심해진다. 그러다가 저희들은 다 자라고, 부모는 다 늙어 버린 즈음에 와서는 만나도 그저 의례적인 수인사 정도다. 특히나 걱정거리가 생기면 부모를 완전히 배제시킨다. 저들의 말인즉슨, 부모에게 걱정을 안 끼쳐 드리려는 배려란다.

　그럼 즐거운 일은 즉각 즉각 얘기하려 들던가? 아니다. 이것도 아주 아껴 두고 말을 안 해 준다. 마지막에 가서야 이러이러한 좋은 일이 생겼다고 얘기해 준다. 저들의 말인즉슨 부모님들이 지나치게 좋아하시고 산지사방에 자랑하는 게 뭐 해서 그렇다나?

그럼에도 불구하고 우리 부모들은 자식들과 그리고 젊은이들과 말을 섞고 싶다! 저들의 모든 것을 시시콜콜 알고 싶다! 사뭇 안달이 난다! 나이 먹은 우리들, 내남직없이 모두 그렇지 않나? 그러나 도무지 말을 하고 싶어 하지 않는 자식들! 도시 말을 섞으려 들지도 않는 자식들, 그리고 젊은이들. '박사'씩이나 되는 내 친구도 "그건 알아 뭐 하시게요?"란 말을 아들에게서 자주 듣는단다.

왜 이렇게 세상이 돌아가게 됐을까? 곰곰 생각해 보니 의외로 나이 먹은 우리 쪽에 일면의 책임이 있다는 걸 발견했다. 일찍이 시몬느 보부아르란 분은《늙음》이란 책에서 "늙음의 징표는 호기심이 없어지는 것"이라 했다. 하지만 이분이 말하는 '호기심'이란 소위 지적인 호기심을 말하는 것일 터이다. 그러나 우리 노인들의 호기심이란 게 기껏 자식 일에, 며느리 드나드는 일거수일투족에나 쏟고 있으니 딱도 하다. 얼마나 호기심 만만인가.

그렇다. 호기심도 호기심 나름이다. 우리 노년들의 호기심은 소위 지적인 호기심과는 상관이 없다. 다 자라서 하나의 인격체가 된 자식들에 대한 지나친 관심일 뿐이다. 지나친 관심은 우리를, 우리 노년들을 너저분한 사람으로 만들었다. 너저분한 호기심에 찬 우리네들과 말을 섞고 싶어 하지 않는 젊은이들이었고 우리네 자식들이었을 뿐인 거다.

그러면 우리 모두 어쩔 건가? 시쳇말로 '업그레이드', 호기심의 업그레이드가 절대적으로 필요하다. 더 나아가 우리네 호기심을 보부아르가 말한 지적인 쪽으로 방향을 틀어서 업그레이드 한다면, 이보다 더 좋을 수는 없을 터이다. 호기심 업그레이드의 방편으로는 '나만의 일'(그것은 지극히 사적인 일이 될 거다. 우리 모두는 사회에서는 은퇴를 했을 테니까)을 가질 필요가 있고 여기에 몰두하다 보면, 너저분한 호기심에서 벗어날 수도 있지 싶다.

하지만 이 모든 일 가운데에는 부동의 진리가 숨어 있다. 그리고 이 진리가 우리 노년들을 슬프게 한다. 그것은 젊은 저들과 우리네는 태생부터 공통 관심과 일치된 가치관이 없다는 점이다. 그것은 소위 코호트, 즉 태어난 시대와 살아온 시대가 달라서 관심이 다르고 가치관에도 차이가 있게 마련이어서다. 자연 저희들끼리 친하고 소통하듯 우리 노년들과도 그리 되기를 바랄 수가 없다. 그것이 자연의 섭리다. 그래서 태곳적부터 세대차이란 게 있었나 보다.

이런 글이라도 쓸 주제가 되는 에미지만, 나 역시 엊그제 아들놈한테 제 일을 알고 싶어 하고 중간에 나서서 액션을 취했다고 지독하게 질책(?)을 당하고서 느낀 소회다. 그렇다. 나 역시 지나친 관심을 가진 나이 든 에미에 불과했다.

배움에
늦은 때는 없다

아무도 이런 말은 꺼내지 않지만, 우리나라가 IT시대에 우뚝 선 것이 우리 노년들에게 득이 됐을까? 거칠게나마 결론부터 얘기하자면, 컴퓨터를 비롯한 IT기기들은 우리 노년들의 쇠락을 재촉했다.

IT기기들은 우리 인류역사에 새로운 장을 열었다. 새로운 것에 도리질을 하고픈 노년기의 특성을 무릅쓰고 우리 노년들도 바뀐 세상에 적응해 변화를 따라가 보려 노력하고 있다. 많은 노인들이 컴퓨터니 모바일 폰이니 이런 기기들을 배우고 있잖은가.

겨우 겨우 익혀서 몇 가지 기능을 당당하게 써 보려는 노인들과 달리 손주들은 소위 '디지털 원주민'답게 힘 안 들이고 척척 써댄다. 어쨌거나 컴퓨터 기능 몇 가지, 문자 보내기 등을 익혀 쓰면서 이제는 됐다 하고 돌아서면, 이번에는 또 새 것이 나와 있다. 어떤 게 전화인지 컴퓨터인지 구분이 안 되게 스마트 폰이니 아이패드니 하다가 뭐 페이스 북으로 끼리끼리 왔다 갔다 하더니, 요즘은 너도 나도 트위터로 주거니 받거니 한다. 저희들끼리 그야말로 끼리끼리 놀고들 있다.

노소가 사는 세상이 딴 세상 같다. 하도 트위터로 재미있게 지낸다니, 나도 어디 트위터를 한번 해 봐? 그러다가 내가 트위터를 익힐 만하면, 또 새 기술들이 나올 걸 생각하니 의기소침 해져서 뭘 시작할 맘이 싹 가시고 만다. 아니나 다를까, 오늘 아침 신문을 보니까 혁명적인 스마트 폰 앱이 나왔단다. 우주 만물 모든 것, 심지어 죽은 조상 못자리까지 가르쳐 주는데 배우기도 쉽단다. 쉽다니, 나도 해 봐? 하는 맘이 생긴다. 하긴 스티브 잡스같은 CEO들도 "이 시대는 성공 뒤의 휴식에 취할 사치를 허락하지 않는다" 했는데 나 같은 노인이 무슨 불평이 있겠나.

어제 있은 선후배모임에서 17년이나 어린 후배가 하는 말인즉슨 자기가 타고 온 지하철 안에서 돈을 내고 탄 승객이 몇 분이나 될까 생각해 봤다고 했다. '지공세대'라는 신조어가 생길 만큼 맨 공짜 승객이 많더라는 얘기였다. 때는 출근 시간이 지난 오전 11시경이었으니 그랬을 것은 뻔하다. 이런저런 통계를 안 봐도 눈으로, 감으로 노인이 많아졌다는 사실을 알 수 있으니 말이다.

흔한 것은 귀하지 않다. 이제는 환갑이 큰 경사인 시대는 멀리 가 버렸다. 이제는 70, 80은 기본이고 90을 넘어서 100세를 넘보는 시대가 왔다. 하지만 아직도 실생활에서는 노소 모두 이 나이의 개념이 헷갈려들 하고 있다. 내 친구 며느리가 문상을 갔다 와서 "돌아가신 분이 70이 다 된 69세라니, 참 알맞은 나이에 가셨지요?" 그러다가 주춤하고 당황하더란다. 듣고 있는 시어머니가 막 70이었던 것이었다.

70에 누가 죽었다고 해서 "아깝다" "너무 일찍 돌아갔다"라고 할 것은 아니다. 하지만 많고 많은 70, 80, 90세가 건강하니 살고들 있다. 내 친구의 말대로 죽기에 알맞은 나이를 넘어서도 살고 있는 우리네는 뭔가?

"집안에 노인이 없으면, 어디서 꿔라도 오라"라는 그리스 속담이 있다. 그렇다. 그 옛날엔 노인이 없으면, 그래서 노인에게서 배우고 전수받지 않으면, 모든 걸 알 도리가 없었으렷다. 그 옛날은 고사하고 친정과 시집 양가 부모 모두 일찍 여읜 내 친구는 첫 아기를 낳고 나서 "어떻게 키워야 하나?" 하는 막막한 심정이 들더란다.

지금은 어떤가. 클릭 몇 번 해 보면, 세상 모든 걸 소상하게 알 수 있다. 구태여 노인에게 뭘 묻고 배우고 할 필요가 없다. 노인으로 말하자면 가르치기는커녕, IT기기를 비롯해 새록새록 나오는 모든 것에 눈뜬 장님이다. 도리 없이 젊은이들에게 배우지 않을 수가 없다. 모르는 게 많은 사람은 존경하게 되지를 않는다. "아는 것이 힘이다"란 말대로 아는 것이 많은 디지털 원주민인 젊은이들이 힘을 가진 세상이 되었다.

이제 노년의 쇠락을 IT 탓으로 돌리게 되었으니 딱하기 이를 데 없잖은가. 과학이든 인구나 문명이든 기원 이후 천 년, 이천 년에 걸쳐서 쌓아 오던 것이 100년도 안 되는 기간에 폭발적으로 증가하고 발전된 세계에 우리는 살고 있다. 윈스턴 처칠은 20세기를 일컬어 "지금까지 우리가 무심코 해 왔던 일의 결과를 보게 될 세기"라고 말했단다. 우리는 20세기 끝자락에서 새로운 세기에 걸쳐 노년기를 보내고 있다.

이런 엄청난 변화의 광풍에 휩쓸려서 우리 늙은이들까지 덩달아 호들갑을 떨 것은 아니다. 필요한 것은 느리지만, 담담히 세상을 따라서 변하는 것이다. 이것이 노년 존재의 효용이자 가치이고 노후 대비책이지 싶다.

독서 중에 울리는
'까꿍'

읽을거리가 없어 절절매던 시절도 있었다. 후딱 읽어 버린 김내성의 소설 후편이 너무 궁금해서 읍내 하나밖에 없던 책방을 풀방구리처럼 드나들던 시절이 있었다. 아득한 나의 10대 시절 얘기다. 피난을 하여서 3년간 아버지 고향의 중고교를 다니다가 서울로 환도를 했었다. 서울은 폐허가 돼 있었다. 고등학생이었던 나는 주위에 읽을거리가 없었다. 엄마가 검정 전깃줄로 얼기설기 엮어서 만든 장바구니를 들고 시장에 갔다 오시면 그 속에는 으레 구깃구깃한 신문지에 쌓인 먹거리가 있었다. 나는 재빨리 먹거리를 꺼내서 밀어 놓고 구겨진 신문지를 펴서 읽곤 했다. 얼마 만이던가? 우리 집에도 아침저녁으로 신문이 배달되었다. 빨려들어 가듯 나는 신문을 탐독했었다.

그 신문읽기는 지금, 70여 년이 지난 지금도 계속되고 있다. 인터넷을 켜면, 세상의 모든 신문기사들이 깔려 있다. 그러나 그 기사들은 건성건성 후딱 훑어보고 지나가 버리게 된다. 그래서 나는 아직도 종이 신문을 펴 놓고 읽기 시작하고 있다.

요즘 내 머리맡에는 며칠만 지나도 수북이 절로 책이 쌓이고 있다. 친지들의 기증본, 내가 주문했었던 책들, 그냥 여기저기서 보내오는 책들… 5년 전이던가? 나는 내 책들을 각당복지재단에 기증했었다. 어느새, 내 책장에는 내 책을 기증하던 때보다 더 많은 책이 쌓여 가고 있다.

그런데 이상하다. 그렇게 활자 읽기를 좋아하던 내가 요즘엔 머리맡에 쌓여 있는 책들을 잘 들추지를 않는다. 핑계로는 마땅찮지만, 이는 전적으로 나의 늙음 탓이다. 시몬느 보부아르는 늙음은 호기심이 없어지는 시기라고 했었다. 그렇다. 나도 늙어서 호기심이 많이 사라졌나 보다. 다 그렇고 그런 내용이려니 지레 해석해 버리고 나니 책을 들출 의욕이나 호기심이 사라졌다. 또 있다. 생리적으로 지속성과 집중력이 떨어졌다. 뭣보다 책을 읽을 정도로 긴 시간 내 눈이 작동하지를 않겠단다. 근래 들어 부쩍 읽기가 불편해졌다.

뭐니 뭐니 해도 나는 독서의 제일 훼방꾼은 스마트폰이라고 지목하겠다. 나 같이 IT에 익숙치 못한 우리 늙은이들은 24시간 와이파이를 켜 놓고 있으면서도 겨우 이용하는 것은 당연히 알만한 것들을 몰라서 검색해 보는 정도다. 내 경우 약속을 잊지 않기 위해 달력 그리고 하도 운동과 걷기를 하라고들 달구쳐서 만보계를 깔아 놓은 정도다. 그리고 진짜 주로 쓰는 것은 문자 주고받는 카톡질이다. 그런데 뜻밖에도 이 카톡질이 나의 독서에 으뜸 장애가 되는 줄이야, 유행가 가사대로, 예전엔 미처 몰랐었다.

맘먹고 책장을 들춰서 이제 본격 책 읽기로 돌입하자 '까꿍'하고 울린다. 그럼 밤낮 오는 그깟 까꿍 소리 무시하고 하던 독서나 해야 하는데 나는 그러지를 못한다. 아예, 카톡을 막아 놓는 방법도 있잖는가. 아니다. 나는 그렇게 못한다. 나의 호기심은 이 지점에서 극한점에 달한다. 기어이 카톡을 열어 봐야 직성이 풀린다. 나의 소심하고 고상치 못한 내 호기심에 나는 절망한다.

이쯤에서 카톡을 매일처럼 새벽부터 보내는 사람들을 탓해 볼까나. 매일처럼 새벽이 오기 전부터 카톡을 보내오는 사람들이 있다. 이 사람들은 어쩌면 카톡질이 생활의 전부인가 보다. 오는 글과 사진이 하나도 자기가 쓴 것은 없다. 맨 인터넷상에서 굴러다니는 것들이다. 어느 날은 같은 글과 사진이 같이 들어오는 때도 있다. 더 질색인 것은 종교적인 주제로 '까꿍까꿍'해대며 전도를 하는 사람이다. 아들의 설교 영상을 보내오는 목사님의 어머님께 나는 가혹하게 말했다. 성공한 사람들의 부모는 절대 앞장서서 자식을 홍보하지 않더라고. 김연

106

아의 어머니 기사를 본 적이 있느냐고. 임윤찬의 어머니가 어떤 분인지 우리는 알 수가 없다. 그냥 우리는 임윤찬의 초절기교가 곁들인 연주만 스마트폰 속에서나마 즐기면 된다고.

물론 문자 주고받기나 카톡질이 다 유해한 것은 아니겠다. 나와 동기지만, 내가 아주 윗분처럼 여기는 친구가 보내오는 카톡은 그야말로 내 지식에 살을 더해 주고 내 오류를 잡아 주기도 한다. 이 친구가 보내오는 진짜 유익한 그리고 우리가 채 몰랐던 정보를 보다 보면, 나 역시 혼자 보기가 아까워서 나도 내가 드나드는 카톡방에 나르는 적도 없잖아 있다.

내가 독서회를 한다고 하니까 어떤 사람이 "에구, 이 IT 문맹 노인아~" 하는 딱하다는 눈초리로 대하면서 말했었다. "요즘은 인터넷만 열면 세상 책들이 다 있는데… 그런 게 필요할까요?" "책이 아니라 화면으로 글을 볼 때 사람들이 내용을 훨씬 적게 기억하고 대충 본다는 것이다."(소설가 백영옥씨가 요한 하라리의《도둑맞은 집중력》에서 인용한 것을 재인용했음) 그렇다, 인터넷에서 글을 읽는데 수시로 팝업처럼 튀어나오는 광고와 놀래지 않을 수 없는 뉴스 때문에 읽는 중에 모였던 집중력이 부서진다.

김구 선생이 요망하셨다던 문화가 융성한 나라가 되려면, 우리는 독서를 해야 한다. 나는 우리 세대가 인류 최초 100세 시대를 개척하는 개척자라고 했었다. 새로운 시대를 개척하는 중차대한 시점에서 스마트폰만 들여다보는 거로는 희망이 없다. 독서에 따르는 집중력과 집중력이 필요로 하는 모든 행위들, 인내심이나 이해심 그리고 공감 능력 같은 가치를 이어 가야 한다.

스마트폰은 21세기에 등장한 다정한 침략자란다.(조선일보 박돈규 기자) 나는 달리 주장하겠다. 21세기에 등장한 '무례한 훼방꾼'이라고.

'돌아가는 삼각지'는
알아야

　내게는 언니가 두 분 있다. 큰언니는 12살이 많고, 작은언니는 나보다 5살이 많다. 두 분 모두 건강하다. 하지만, 이 분들의 '건강 사이즈' (이런 말이 있는지?)는 작다. 나 혼자서 명명한 '건강 사이즈'란 뭔가. 내 언니들 같은 건강 상태를 말하는 거다.

　두 분 모두 키가 160센티미터가 훌쩍 넘지만, 몸무게는 40킬로그램이 채 안 된다. 그러니 내가 보기에 먹새가 꼭 새 모이 정도다. 조금 먹지만, 맛있는 음식을 또박또박 잡숴 그런가 건강하다. 그 흔한 성인병도 하나 없다. 단 사이즈 탓인지 활동시간이 짧다. 나 같은 뚱뚱이의 지속성에는 미치지 못하고 있는 거다. 또 하나, 뚱뚱이보다 못한 것은 추위를 많이 타는 거다. 정신력은 또렷또렷하기가 이를 데 없다.

　그런 두 언니 중 큰언니가 요 몇 년 새 언니집에서(언니는 한 집에서 60

년도 넘게 살고 있다) 큰아들네로 몇 년 "실려" 가 살았다. 그러다가 요즘은 다시 언니집, 즉 작은아들네로 "실려" 왔다.(언니 집에서 작은아들네와 함께 살았다. 큰아들은 직장관계로 지방에 있다.)

내가 하고자 하는 얘기의 요체는 이런 거다. 언니는 당신이 왜 60여 년이나 살던 집에서 큰아들네로 "실려" 갔는지를 어렴풋이밖에 모른다. 큰아들 내외가 어머니를 모셔야겠다는 효심 뒤에 있는 고부간의 갈등이나 노인 존재의 필요성(큰며느리의 직업상) 같은 것을 자식들이 설명해 줄 리가 없다. 그래서 모른다. 모든 걸 따지지 않고 조용한 큰언니는 마치 말 잘 듣는 아이 같다.

그럼 언니는 본래 언니가 살던 당신 집이자 작은아들네로 왜 "실려" 왔을까? 큰아들의 병이 심각해져서다. 심각한 병으로 입퇴원을 자주 하게 된 큰아들을 보면서도 언니는 그저 출장이 잦은 정도로만 알고 있다.

이 모든 사태는 조카들의 효심에서 나온 처사들이다. 언니의 아들들은 효심이 남다르다. 여러 복잡한 일은 저희들끼리 의논하고 처리한다. 어머니는 저희들 처사대로 따르시면 된다. "잘 모신다"는 명분에서다.

몇 해 전 어느 라디오 방송에서 노인 상담을 하던 중 받은 이야기 가운데 잊히지 않는 것이 있다. 고등학교 다니는 손녀와 한방을 쓰던 할머니. 어느 날 밤늦도록 집에 오지 않는 손녀를 길에 나가 기다리고 있었단다. 손녀가 오지 않아 할 수 없이 손녀의 에미인 며느리에게 보고를 했더니, "아무개, 수학여행 갔어요" 하더라나. 아무렴, 여행을 가면서도 한방에 기거하던 할머니에게 한마디 안 하고 떠난 그 손녀에 그 에미란 생각이 들었다.

노인은 이처럼 한집안에서 일어나는 모든 것을 모르고 살아야 하는 존재인가? 아직은 치매도 안 걸렸건만 노인이 걱정하실까봐 얘기를 안 한다는 효심에는 노인의 인격을 깡그리 무시하는 마음이 깃들어 있다고 말하고 싶다. 인생은 희로애락을 겪으며 애면글면 살아내는 것이다. 새장 같은 속에 넣어 놓고 주는 모이만 받아먹는 걸 가지고 사는 거라 할 수 있는가. 자식들은 말한다. 심신이 쇠약한 노인에게 나쁜 소식을 전하면, 소위 엔돌핀이 쏙 들어가서 건강에 안 좋다나.

사실 좋은 얘기는 모르고 지나가는 게 좋다는 사람도 있긴 하다. 나의 둘째 언니다. 지난해 세상을 떠난 내 남동생을 두고 그랬다. 죽음을 코앞에 두고서도 죽음을 생각도 않는 동생에게 나는 조심스레 사람들의 죽음을 얘기했었다. 이런저런 일에 맘을 정리하고 추스르게 하기 위해서였다.

동생집에서 돌아오는 길에 작은언니는 나를 나무랐다. "그냥 아무것도 모른 채, 살다가 죽으면 어때서 기어이 그런 죽는 얘기를 해야 했느냐"고 그랬다. 세상 사람들의 생각은 천차만별이다. 같은 자매끼리도 이처럼 생각이 갈리는데, 어찌 모든 사람들이 내 생각과 같을 수 있으랴.

그렇다. 적어도 나는 내 주위에서 돌아가는 모든 걸 알아야겠다. 그리고 같이 울고 같이 웃고 싶다! 가면을 쓴 듯 거짓 속에서 어릿광대 노릇하며 살기는 싫다.

그래서 하는 말인데 나는 요즘 유행하는 여론조사라도 하고 싶다. 노인들이 좋은 일만 알고 듣고 싶은지 아니면 좋은 일, 나쁜 일 가리지 않고 모든 '돌아가는 삼각지'를 알고 싶은지 말이다. 당신은 어느 쪽입니까?

젊은이들이 싫어하는
말버릇 세 가지

요즘 들어 심심찮게 받는 것이 친지들의 자서전이다. 자그마한 소책자로 만든 사람이 있는가 하면, 평소 자신이 취미삼아 그려 왔던 그림을 넣어 마치 화집처럼 보이는 큰 사이즈의 책을 낸 분도 있다. 책 제작비용도 만만치 않았을 것 같다. 80여 년이란 세월을 함께 살아 온 또래 친지들이 늘그막에 낸 역작(?)들이다.

노년에 할 일로 자서전을 써 보라고 권유하는 노년강사들의 영향도 있으리라. 자서전을 쓰는 노년들의 심리를 가늠해 본다. 인생 끝자락에 다다르고 보니, 앞날의 희망보다는 지나온 기억에 매달려서 살게 돼서 그런가 한다. 내 경우, 전에는 잠을 청하는 그 시간에도 앞날에 대한 희망, 나아가서 찬란한 공상 같은 희망 속에 잠이 들곤 했지만, 요즘은 책이나 TV를 멀거니 보다가 잠에 빠져들곤 한다.

희망은 미래에 관한 것이지만, 기억은 과거에 대한 것이다. 자연 노년들은 두텁게 쌓여 있는 과거 속에 매몰되어 살고 있다 보니, 노인들이 수다스러워지는 것이란다. 그래서 노인들은 과거에 대해서 쉴 새 없이 지껄인단다. 과거를 기억하기를 즐기는 것이란다. 이것은 내 말이 아니라 그 유명한 아리스토텔레스가 《수사학》에서 한 말이다.

한술 더 떠서 버트런드 러셀은 "노년에 경계할 위험 두 가지가 있다"고 했다. 즉 과거에 지나치게 몰입하는 것은 안 좋으니, 미래를 향해서 생각하고 앞으로 해야 할 일을 생각하라나? 글쎄, 공상 속에서라도 미래에 할 일이 없는데 어떡하나?

그 옛날, 그리스 철학자 에피쿠로스는 '정원'이라는 이름의, 요즘 말로는 동아리를 만들고 거기서 사람들과 비록 진수성찬은 아니지만, 먹고 마시고 그리고 끝없이 수다를 떨면서 즐겁게 살았단다. "즐겁게 살지 못하면 지혜롭게도, 바르게도 살 수 없다"면서 말이다.

나도 이 나이에 거창한 미래의 청사진 같은 것이 있을 리가 없다. 그저 또래 친구들과 그리고 모교 사이트에서 알게 된 후배들과 어울려 먹고 마시고 그리고 공연 관람하는 그런 재미를 즐길 따름이다. 과거 얘기는 안 한다. 어제? 어제도 과거는 과거다. 과거, 추억 그런 데 빠져 있다 보면, 80여 년간 쌓인 얘기가 끝이 없게 된다. 먼지 풀풀 나는 그 얘기를 뉘라서, 더구나 젊은이들이 좋아하겠는가.

과거 얘기를 즐기는 노년들에게 치명적인 흠 세 가지가 있다. 그 하나가 잘 익은 과일 고르듯이 지난 일 중에 좋은 얘기만 하는 것이다. 노인의 자랑질에 듣는 사람들은 멀미를 일으키기 마련이다. 그렇다고 나쁜 얘기를 하기도 그렇긴 하다. 나쁜 얘기는 말하는 당사자나 듣는 사람 모두 기분을 처지게 만드니 말이다. 일부러 먼지 나는 그것들을 꺼내서 주위를 탁하게 만들 필요가 있나?

치명적인 흠 두 번째는 이미 얘기한 것을 잊어버리고, 한 얘기 또 하고 또 하는 버릇이다. 내남직없이 범하게 되는 잘못이다. 내 친구 하나는 전화로 한 얘기 오늘 하고, 또 내일 전화해서 그 얘기 또 한다.

세 번째 흠은 이제는 세상에서 자기에게 관심과 흥미를 가질 만한 사람이 그리 없는데도 자기 이야기만 하는 것이다. 알고 지내는 사람은 이미 다 알고 있기 때문에 자꾸 재방송을 해 줄 필요가 없는데도 그런다.

나로 말하자면 그저 어제 오늘 함께 어울려서 하는 얘기, 공연 감상 등을 주제로 사람들과 어울려 이야기하고 지내는 것이 좋다. 그래서 20년 넘게 '메멘토 모리 독서회' 다니는 재미가 쏠쏠하다. 정기적으로 그리고 반 의무적으로 읽어 내야 하는 책을 주제로 얘기하다 보면, 후배들이 아주 즐거워한다. 거기다가 같이 즐긴 공연 얘기를 하다 보면, 대화가 제법 고급스러워지기까지 한다.

가치관이 같고 취미가 비슷한 사람들과의 어울림! 그 옛날 에피쿠로스만큼은 아니겠지만, 나는 사람들과 먹고 마시고 수다 떠는 그것이 노후의 소일거리 중 으뜸이라 생각한다. 자서전 쓸 만한 거리도 없는 인생을 살아왔지만, 과거에 묻혀서 한 얘기를 글로까지 남길 주제가 못 되어 하는 소리다.

노부부의
진정한 사랑법

나보다 2살 더 많은, 그러니까 80살인 두 친구가 있다. 근데 이 친구들은 한결같이 두 양주 금슬이 더 할 수 없이 좋다. 사실, 늙어가면서 이보다 더 좋은 일은 없을 거다. 요즘 세상에 떠도는 말들이 있잖은가. 삼식이니, 이식이니 하면서 힘 떨어진 영감을 아내들이 짐스러워 하는 풍조 말이다. 이런 풍조들은 이 친구들에겐 해당사항이 없다.

금슬이 좋은 이 친구들에게 공통점이 하나 있다. 그것은 남편이 더할 수 없이 고맙단다. 한 친구 왈, "젊은 시절 10여 년을 중동 사막에서 거친 사내들을 지휘감독하면서 열심히 돈을 벌어 식구들을 잘 살게 해 준 남편인데…"란다.

그럼 나는 즉각 반격한다. "망나니 사내 빼고 세상 어느 가장인들 제 식구 벌어 먹이지 않은 사내가 어디 있나, 네 남편만 돈 벌어 왔냐?

그 시절, 우리네 남정네들이 중동은 물론, 아프리카는 안 가고 북극 남극에다 총탄이 날아다니는 전쟁터엔들 안 갔으랴!" 모질게 반박해도 이 친구는 흔들리지 않는다.

은퇴 교수인 또 한 친구 왈, "내가 이만큼 된 것도 다 남편의 덕이기에…" 나는 또 반박한다. "공부는 네가 했지, 네 남편이 시켜줬니? 네 남편이 조교하면서 자기 공부할 때 턱없이 적은 돈 가지고 살림 사느라고 고생이란 고생은 네가 다 했지."

어쨌거나 누가 뭐래도 두 양주가 요즘 애들 말대로 남들이사 오글오글해하든지 말든지, 알콩달콩 살아간다. 한 친구는 모든 생활을 남편에게 의지하다 보니, 혼자서는 병원도 못 가고, 은행이나 주민센터도 못 간다. 늘상 남편이 운전을 해 주는 덕에 어쩌다 지하철을 타게 되면, 노선을 묻고 또 묻는다.

교수 친구는 저녁 먹고 난 어둑한 밤에 남편과 마주 앉아 와인 한 잔 들면서 이 얘기 저 얘기 주고받는 그 순간이 세상에서 가장 행복하단다. 어쩌다 외출한 남편이 집에 들어서는 기척에도 사뭇 저릿저릿한대나 어쩐대나. 믿거나 말거나 사실 이 친구는 그러하다.

거지가 도승지 불쌍해한다더니, 나는 이 두 친구가 걱정된다. 사람은 언젠가는 싱글이 된다. 안 그런가. 세상 아무리 금슬이 좋기로서니, 한날한시에 죽을 수는 없는 일. 따라서 사람은 누구나 한 번은 혼자 살게 된다.

남편에게 생활을 전적으로 의지하는 내 친구가 요다음, 아무런 준비 없이 말년을 살아갈 수 있을지 걱정이 된다. 정서적으로 남편과 밀착되어 있는 또 다른 친구 역시 걱정스럽긴 매한가지다. 죽음까지도 준비하자고 주장하는 나로서는 장차 홀로 되었을 그때, 그리고 홀로 죽어 갈 그때를 생각해 보자고 하면, 두 친구 모두 기분 나쁜 그때는 생각도 안 해 봤다고 한다. 그리고 덮어놓고 도리질한다. 홀로 될 말년과 죽음이 부등부등 다가오고 있건마는.

교수 친구는 하늘같이 떠받들던 남편을 먼저 보냈다. 남편을 기리는 내 친구를 보면서 언제까지, 하며 바라보고 있었는데 어느 날부터 교수 친구가 치매가 와서 1초 전 일도 다 기억을 못 하고 있다. 지금은 남편이 죽어 있는지 살아 있는지도 헷갈리고 있으니, 하늘같이 떠받들던 남편의 부재를 슬퍼하지도 않는 상태다.

행인지 불행인지 모르겠다. 아무튼, 우리 세대는 유사 이래 최초로 초장수 시대를 살게 되었다. 옛날처럼 해로하다가 한쪽이 먼저 가더라도 한 일이 년 살다가 뒤따라가는 시대가 아니다. 남은 사람의 여생도 가없이 길어질 조짐이다.

거기다가 우리는 우리의 전 세대 모양 가족 안에서의 삶만 믿고 지낼 수만도 없다. 그런 세대는 이미 지나간 추억의 한 장일 뿐이다. 내 자식 남의 자식 할 것 없이, 제가 잘 지내고 있으면 부모도 언제까지나 잘 지내는 것으로 안다. 옛 어른 말씀대로 올 다르고 작년 다르게 늙어가고 있는 우리네 힘든 세세한 구석을 저들, 자식들이 알아줄 리 만무다.

그럼에도 불구하고 부부란 오손도손 같이 지내는 동시에 따로 지낼 줄도 알아야 한다. 원래 아무리 사랑하는 사람이라도 같이 있음과 동시에 따로 지내는 시공간이 필요하다. 나의 두 친구 모양 밤낮없이 둘이서만 생활하고 둘이서만 즐기고 의지하다 보면, 요다음에 홀로 되었을 그때에 어쩔 건지…. 기분 나쁜 그때는 생각도 하기 싫다지만 싫어도 싱글의 시대는 부등부등 다가오는 법. 언젠가는 누구나 싱글이 되는 운명의 시간이 우리를 기다리고 있다.

한 살이라도 젊었을 적, 오늘이 내일보다 적응이 잘 되는 지금, '경제 자립'은 기본이고 '생활 자립'을 익혀야 한다. 내 친구 모양, 혼자서는 지하철 노선도 모르면 어쩔거나. 평생 맛있는 세 끼 따뜻한 밥을 대령하면서도 홀로 끼니도 해 먹을 줄 알게 가르쳐 놓는 게 정작 남편을 사랑하는 또 하나의 방법이 아닐까. 밥 한 끼, 입을 옷 하나 꺼내 입을 줄 모르는 83세의 아버지를 위하여 뒤늦게 아버지를 훈련시키다가 《할아버지의 부엌》이란 수기까지 쓴 일본의 노인문제 전문가 사하시 게이죠처럼 내 딸, 내 아들을 고생시키지 않으려면 말이다.

'경제 자립' '생활 자립'을 얘기했지만, 보다 중요한 것은 삶의 본질인 '정서 자립'이 가장 큰 문제라고 나는 생각한다. 내 두 친구는 친구들과 곧잘 있다가도 분위기까지 깨며 남편에게 달려가곤 한다. 1박 2일 여행도 안 간다. 남편과 떨어져 있는 것이, 친구들과의 어울리는 데 비할 바가 아닌 모양이다.

나는 금슬 좋은 또 다른 부부를 안다. 이분들은 둘이 손잡고 복지관에도 가고 스포츠센터에도 간다. 복지관에 가면, 두 부부는 바로 갈라져서 한 사람은 역사반으로, 한 사람은 노래교실로 가는 식이다. 친구들과 어울리거나 배우자와 떨어져서 따로 익히는 취미의 그 시간은 중요한 시간이다. 왜냐하면 그 시간에 배우자를 홀로 지내도록 하는 부부학습의 좋은 기회이니까.

이를 저버리는 친구들이 나는 안쓰럽다. 저들이 지금은 '도승지'일지는 몰라도 언제까지 '도승지'는 아닐 테니까. 이 시대에 제대로 잘 늙으려면, 너나 할 것 없이 '싱글력' 즉 홀로 서기를 할 수 있는 힘을 키우는 것이 필수 아닐까.

생각이 다르다고
미워하지 말자

엊그제, 미국에서는 또 어떤 미치광이가 초등학교에 들어가 꽃봉오리 같은 애들과 선생들에게 총질을 해댔다. 미국에선 잊을 만하면 학교에 쳐들어가 총질을 해대는 사고가 자꾸 터진다. 속상한 내 맘 같아선 하루 빨리 총기 소지를 금지하고, 이를 어기는 자들은 중형에 처했으면 좋겠다. 비단 나만 갖는 생각은 아닐 거다.

그럼, 미국 정부는 왜 이런 조치를 즉각 취하지 않을까? 젊은 애들이 자꾸 죽어 가는데…. 총기업자들이 로비를 하고 의원들을 매수해서 그렇단다. 물론 그런 측면이 있는 것도 사실이다. 하지만, 보다 근원적인 밑바탕에는 총기를 갖겠다는 사람들 생각-미국사람들은 서부개척시대를 일궜던 후손들이라서 총기에 대한 향수(?)가 있단다-을 하루아침에 무 자르듯이 잘라 버리지 않는 민주주의 정신 때문이란다. 그래도 그렇지, 애들이 죽어 가는데, 총기 소지를 절대 금지시키지 않다니…. 보노라면 참 답답하다.

하지만 그게 민주주의다. 나 하고 생판 다른 생각, 내 기준으로 보면 나쁘기까지 한 것들을 욕하고 금지하고 벌주기보다는 차근차근 설득하고 달래서 어떤 합일점을 향해 가고 있는 것이다. 하루아침에 강제로 금지하는 것은 독재주의 방식이다. 나와 다른 것이라도 봐 주는 것이 관용이다. 나와는 다른 것을 못 봐 주는 것은 민주시민 자격이 모자란 사람이다.

총기를 휘둘러 대는 자들로부터 총기를 몰수하는 그 간단한 일을, 그 막강한 미국 대통령도 당장은 어찌지 못하는 것을 보면, 소위 민주주의란 참으로 비효율적인 제도 같다. 독재자라면 하루아침에 해결할 것이다. 그러나 반대자들을 그렇게 강압적으로 눌러대면, 눌려 있던 무리들이 언젠가는 폭발하듯 더 큰 사단을 일으키던 걸 우리 모두는 지나간 역사에서 보지 않았던가.

대통령 선거가 끝났다. 대선 하니까, "아휴, 또 정치 얘기~" 하며 고개를 절레절레 흔들 것 같다. 물론 나도 신물 나게 들은 정치 얘기를 다시 하려는 건 아니다.

우리나라는 민주주의 나라다. 그런데, 내 보기에 아직 민주시민 자격이 좀 모자란 이들이 적지 않은 것처럼 보인다. 왜냐하면 늙은이 젊은이 할 것 없이 나와 다른 쪽 사람들을, 그러니까 나 하고 다른 생각을 가진 사람들을 도무지 봐 주지를 못한다. 봐 주지 못하는 것까지는 그래도 참겠는데, 이건 사뭇 먼 먼 딴 나라 사람 취급을 하다 못해 원수 보듯 한다.

우리 노년들더러 소위 꼴통 보수에다 우파라고 젊은 저것들이 비아냥댄다. 괘씸한 젊은 저들! 하지만 역지사지(易地思之)라는 사자성어대로 우리 노년들도 젊은 저들, 소위 좌빨들을 어떻게 대해 왔던가를 돌아봐야 한다. 젊은 그들, 모두 모두 내 자식 내 동생 같은 젊은 좌빨들을 어떻게 봐 왔고, 어떻게 대하고 있는가.

내 친구는 소위 좌파 애들만 보면, 바로 바로 김정일이 떠오른단다. 이건 정말 "아니올시다"다. 우리의 젊은이들이 더러 진보적이라고, 더러 과격하다고 해서 다짜고짜 김정일과 연계시키는 건, 우리 노년들이 옹졸하고 민주적인 시민자격이 없다는 증표다. 이런 태도라면 수구 꼴통이라고 몰아붙여도 할 말이 없다.

나이를 먹을 대로 먹고 그리고 이어서 죽음까지도 바라볼 이 나이에 어찌 그리 마음이 옹졸한가. 사랑으로 품어도 품어도, 품을 날들이 너무 조금밖에 남지 않은 이 시점에 와서도 나 하고 다르다고, 나 하고는 생각이 다르다고 사람들을 이처럼 내쳐야 하는가.

신앙인들이 간증하듯이 내가 경험했던 것을 간증하자면, 늙거나 젊거나, 좌든지 우든지 막론하고 저들을 품어 보니까(물론 불완전하지만) 이쪽도 저쪽도 다 내칠 수 없는 나를 발견했다.

자랑을 하면, 자랑거리가 날아가는 걸로 안다. 지금 품은 이 내 마음이 자랑 때문에 날아갈까 저어되어 이쯤에서 글을 마쳐야 하겠다.

3

빛나는 황혼을
위하여

내 집에서
나이 들기

엊그제 103세 된 친구 시모님의 장례에 다녀왔다. 103세가 되도록 당신이 수십 년간 사셨던 그 터, 그 집에서 지내시다가 숯불 사위듯이 가버리셨다. 물론 2층에는 아들 내외가 살면서 보살펴 드리고는 있었다. 마지막도 아드님과 며느님 앞에서 문자 그대로 숨을 멈추셨다. 참으로 좋은 죽음을 죽으셨다고 나는 생각한다. 내가 생각하는 나쁜 죽음은 병원 중환자실에서 여기저기 줄을 꽂고, 괴로운 나날을 정신 놓고 보내다가 번득번득 의료기에서 비추는 불빛과 삐삐 거리는 의료기 소리 속에서 죽어가는 죽음이라고 생각한다.

어찌 죽음뿐이랴. 노후의 삶은 더더욱 익숙하고 정든 내가 살던 내 집에서 사는 것이 좋다. 늙은 나무를 옮겨다 심으면, 새 땅에 뿌리내리기가 버거워 나무는 시름시름 하기 일쑤고, 까닥하다가는 고사하기

쉬운 이치와 맞닿아 있다.

그런데 근년에는 노인들이 무슨 무슨 시니어타운이니 하는 곳으로 들어가는 게 유행처럼 돼 버렸다. 양극화는 노인세계에서도 예외 없이 극명하게 표출되고 있다. 누구는 돈이 많아서 고급시설로 치장된 양로원으로, 누구는 돈이 적어서 싸구려 시설의 양로원으로 들어간다. 호화롭게 치장한 시니어타운에 들어갈 수 있는 극소수의 노인들은 모두 행복할까. 다른 한 편에서는 지네들 살기도 버거워 마치 안 쓰는 물건 버리듯 노부모를 시설에 내맡기는 족속들도 있다. 다른 한편에서는 노년 자신들이 홀로 사는 게 버겁고, 일상이 귀찮아서 기관에 들어가 버리는 경우도 있다. 덜컥 시설에 들어 가 놓고는 되돌아올 수 없는 길에 들어선 걸 알았을 때, 많은 노년들은 말도 못 한 채, 실의 속에서 살아가고 있는 분이 왜 아니 없겠나. 이런저런 사연으로 노인들이 시설로 몰려가는 게 지난 몇십 년의 추세였다.

이처럼 우리는 지난 몇십 년간 시설 서비스를 받아 보았다. 그 결과 거리마다 요양병원 간판을 심심찮게 볼 수가 있고, 이런저런 양로시설의 광고지를 받아 보는 지경이 되었다. 나라에서 노인에게 주는 보조금을 노려서 마치 한 사람의 노인이 한 인간이기보다 저들의 사업 미끼로 여기는 노인상대 사회사업자를 심심찮게 볼 수가 있다.

나이가 들고 병이 있다고 덮어놓고 시설에 들어가고, 수용되고, 단체생활을 하면서 길고도 길어진 노후생활을 획일적으로 보내야 한단 말인가. 나 자신은 유행 따르듯 시설에 입소해서 사는 삶은 사양하고 싶다. 그러나 현실을 들여다보면, 노년들이 살던 집은 아닌게 아니라, 노인들이 살아가기에는 위험천만한 곳이기는 하다. 노인에게는 암이니 하는 병보다 더 위험하고 절박한 것이 낙상, 즉 넘어지는 것이다. 그런데 우리네 사는 집은 곳곳이 노년들로 하여금 장애물 경주시키듯이 피하고 넘어야 할 장애투성이다. 장애물을 제거해 주는 디자인으로 집안을 일부 개조해 주는 것이 선결과제다. 주택 리모델링 일테면, 낙상을 피하기 위해 욕실이나 바닥을 미끄럼방지용 깔개로 덮고, 모든 문턱을 없애 집안 전체를 배리어 프리로 만들고, 다니는 벽면마다 손잡이를 설치한다든지 하는 집안개조가 필수다. 거기다가 갑자기 몸에 이상이 왔을 때, IT 강국답게 즉각 가족이나 응급시설에 연락이 가도록 손목밴드나 펜던트를 몸에 부착시켜서 개인응급응답시스템(PERS)을 설치할 일이다. 선진국서는 벌써 하고 있다는 소위 유니버셜 디자인이다. 우리도 배워 올 필요가 있다.

놀랍게도 서울시는 세계 복지기구의 고령친화도시의 인증을 받았단다. 이런 명성에 걸맞게 노인 서비스를 지금까지 우리나라가 해 오던 시설서비스 중심에서 지역사회를 중심으로 개인생활을 영위할 수 있게 하는 복지정책의 패러다임을 바꿔 볼 때가 왔다.

획일적이고 몰개성적인 단체생활 같은 시설입소보다는 사생활과 독립성이 보장되는 내 집에서 나이와 상관없이 활기차고 건강한 노년 생활을 영위할 수 있기를 기원한다.

여기서 사람들이 잘 발설하지 않는 중대 사항이 있다. 소위 연명치료를 원치 않아서 벌써 200만 명이 넘는 노인들이 "사전연명의료의향서"를 등록하고 있다. 하지만 노인시설에서는 자체 시설에서 노인들이 죽는 것을 피하려고 연명의료 기기를 장착하는 경우가 있다. 한번 장착한 연명의료 기기를 제거하는 것은 여러 복합적인 문제가 있다. 이 때문에 시설입소를 마다하는 노인들이 많다.

내 경우 이래저래 익숙한 내 집에서 마지막을 끝내고 싶다.

장수를
축복으로 만들려면

　2011년 스티브 잡스가 56살의 한창 나이 때 세상을 떠나자 세상이 떠들썩했다. 스티브 잡스가 누구인가. 그 유명한 애플 사(미국의 IT회사)의 CEO였다. 이 사람이 있었기에 오늘날 세계인들이 아이패드며 스마트 폰 같은 첨단 정보통신기기들을 쓸 수 있다 해도 과언이 아니다. 우리의 자랑스런 삼성, 엘지도 애플사가 있었기에 존재할 수 있는 회사다.

　그는 2004년에 췌장암 치료를 받고 살아났다. 사실 나는 아직 내 주위에서 췌장암을 고친 사람을 본 적이 없다. 그만큼 낫기가 어려운 암이다. 그런데 이 사람은 이 병을 이겨내고 살아났다. 그리고 2006년에는 간 이식 수술을 받았다. 그 어간에 이 사람은 세월을 허청 잡아먹은 게 아니었다. 세계 누구보다 큰일을 해냈다. 오늘날 세계 많은 사람이 사용하는 아이패드니 스마트 폰을 만들어 내놓았으니…. 이 사람의 행동 하나 하나에 IT업계를 비롯한 세계인의 이목이 집중됐고, 그의 건강에 따라 세계 주가가 오르락내리락 했다.

사실 의학의 발전은 암 그 중에도 췌장암도 고치는 시대가 됐다. '암=죽음'이라는 생각 때문에 암 발병을 환자에게 절대 비밀로 하던 시대가 불과 10여 년 전이다. 이제 암은 암 부위와 특성에 맞추어 치료하고 관리하는 시대가 되었다. 그뿐인가. 전염병보다도 더 기피하던 에이즈도 이제는 치료하고 관리하는 병이지, '에이즈=죽음'이 아니다. 우리 나이 먹은 사람들이 가장 무서워하는 치매도 마지막이 아니라면, 약으로 관리하고 치료하면 낫는 병이 되었다.

일본에서 베스트셀러가 된《내 손을 잡아요》는 치매가 온 80살 된 의사가 70살 된 부인과 자식들의 간호를 받으면서 의사의 지시로 '아리셉트'라는 약과 은행잎 추출물을 복용한 덕분에 자기 배설도 처리 못 하던 신세를 벗어나 쓴 자기 투병기이다. 그러니 고혈압이니 당뇨·심장병은 병도 아닌 셈이다. 관리대상일 뿐이다. 뼈·이빨·눈은 물론 웬만한 장기는 갈아 끼우는 세상이 되었다. 어쩌면 줄기세포가 실용화되는 날엔 상상할 수 없는 건강을 되찾는 날이 올 것이란다. 그리 허황된 얘기가 아닐 거라는 강한 예감이 든다.

이렇게나 병들을 고쳐대니, 그야말로 우리가 100세 시대를 살게 된 것을 실감할 수 있다. 불과 몇 년 전에 미래학자들이 아기 분유보다는 머리 염색약이 더 많이 팔리고, 아기 기저귀보다는 성인 기저귀가 더 팔리는 시대가 된다더니, 설마 하던 그런 시대가 우리 생전에 닥쳤다. 2000 몇 년이 되면, 젊은이 한 명이 노인 세 명을 먹여 살린다나 어쩐다나. 그래서 "장수가 재앙"이라고까지 말한다. 우리 같은 처지로선 듣기 거북한 이야기가 아닐 수 없다.

차라리 100살을 살 각오를 하고 "장수가 재앙"이 아니라 "장수는 축복"이란 말이 나오도록 우리 노년들이 한번 팔 걷고 나서 보는 건 어떨까. 이런 시대가 되기 위해서는 우리 노년들 자신들이 먼저 할 일이 있다. 첫째, 노년들이 오래 살되 건강하게 살아야지, 앓아누워 "아퍼, 아퍼" 하며 사는 장수는 아닌 게 아니라 '재앙'에 불과하다. 그런데 불행히도 우리나라는 대만 홍콩 일본보다 '건강수명'(건강한 노년)과 평균 수명 사이가 길다. 예를 들면, 일본은 8년 정도 아픈 노년기를 보내지만, 우리나라는 12년이나 앓으면서 노년기를 보내고 있다. 허청 죽지 않고 사는 것만 좋아할 게 아니라, 건강하면서 오래 사는 장수가 되어야 하지 않겠는가.

둘째, 우리 모두는 스티브 잡스처럼 큰일은 못하더라도 내 앞가림만은 하면서 살아야 한다. 일껏 노후자금을 마련해 놓고도 그 돈 간수도 못하면 이거 어디…. 자식들에게, 그리고 남에게 뺏기고 사기당하지 않을 방도 등등 지금도 우리는 배워야 할 것이 많다. 사람은 죽는 순간까지 배우고 성숙해야 한다지 않은가.

그래서 '노년의 건강' '마음가짐 혹은 행복' 그리고 경제문제는 물론 '품위 있는 노년기'를 만들기 위해 우리 스스로 배우고 힘쓸 일이 태산 같다.

만병을 막는
건강법은 없다

　우리나라 5000만 전 국민은 건강에 관한 지식이 반 의사 정도는 되었다. 이렇게 말하면, 지나친 소리일까. 안 그런가. 어느 시간대나 TV를 돌려 보라. 건강, 먹거리, 늙음을 막기 위한 섭생법 그리고 다이어트에 관한 프로가 안 보이는 적이 없다. 어찌 TV뿐이랴. 신문 잡지를 들추면, 여기서는 건강이나 병에 관한 보다 깊이 있는 기사를 매일이고 볼 수 있다. 이처럼 매스컴에서 뒤떠드니, 뉘라서 반 의사가 안 될 수 있을 건가.

　거기다 인터넷이나 e메일 계정이 있는 노년들이라면, 매일 같이 받아 보는 건강관리법이나 정보들! 이런 정보를 받아 보신 분들 많으실 거다. 그 출처나 효력 여부는 알 수 없지만. 이런 메일을 하도 많이 받다 보니 나는 요즘은 스팸 메일 취급을 해서 지워 버린다.(에구, 정성스레

정보를 보내 준 분들이 이 글을 보시면 어쩌나^^ 죄송합니다~)

사실 이런 저런 건강정보와 병을 예방하고 치료하는 정보의 홍수 속에서 우리 국민은 계몽되긴 했나 보다. 그 덕택에 세계에서도 가장 빠른 속도로 장수국으로 가게 된 거 아닐까. 이런 지경이니, 의외로 건강 특히 노년 건강에 관해서 할 말이 딱히 없어졌다. 무슨 얘기를 해도 이 글을 읽으실 분들이 더 많이, 더 깊이 알고 계시리라 생각되기 때문이다.

그럼에도 불구하고 내 나름으로 하고 싶은 말은 있다. 무엇보다 밀물처럼 쏟아져 들어오는 수많은 건강정보 하나하나를 전방위적으로 그리고 철석같이 믿고 실천하는 것에 이의를 달겠다. 어떠한 건강정보도 어디 한쪽에 이로우면, 어느 한쪽에는 나쁜 영향이 있기 마련이다. 세상의 약이 한쪽에서는 병을 낫게 하지만, 한쪽에서는 독이 되는 경우와 흡사한 이치다. 가령 현미밥이 세상에 제일 가는 보약처럼 얘기하지만, 위가 나쁘거나 체질이 냉한 사람에게는 이로운 점보다 해로운 점이 더 많기 때문이다.

더 구체적으로 예를 들어 보자. 이는 순전히 돌팔이 의사의 진단과 비슷한 나의 얘기니까 이 또한 '전방위적으로' 그리고 '철석같이' 믿지는 마시고, 가려서 들으시라는 얘기는 해야 하리라. 나와 동문수학한 남자친구가 있다. 이분은 일찍이 심장으로 통하는 관상동맥이 좁아졌단다. 의사는 절대로 고기는 먹지 말라고 충고했다. 이분이 77세니까 물경 30년 넘게 풀만 먹고 산 셈이다. 만날 때마다 내가 살코기 쪽으로 조금씩이나마 먹어야 한다고 해도 그는 오불관언이다. 몇 년 새, 이분은 파킨슨병을 앓고 있다. 돌팔이 의사로써 진단하자면, 이분은 살코기에 들어 있는 아연 같은 영양분이 모자란 끝에 뇌에서 나온다는 도파민이란 물질을 만들지 못했을 거다. 그래서 파킨슨병을 얻게 된 거 아닐까? 뭐 잡으려다 뭐 잡힌 격으로.

위험천만한 돌팔이 의사의 진단 하나 더. 이건 내 경우다. 나는 40대 중반에 콩팥 한가운데에 돌이 있다는 진단을 받았다. 의사 왈 수술을 할 정도는 아니지만 시금치, 멸치 등 칼슘이 많이 든 음식물을 섭취하지 말랬다. 지금 와 생각해 보면, 폐경을 앞둔 여성으로써 골다공증을 막기 위해 칼슘을 반드시, 그리고 많이 섭취해야 했다. 그럼에도 불구하고 선생님 말씀을 잘 들어야 한다는 강박관념에 빠진 나는 칼슘이 필요한 중요한 시기에 칼슘을 멀리 했었다. 지금은, 이미 늦었지만 아침저녁으로 칼슘제제를 열심히 먹고 있다.

세상은 전문가 시대에다 세분화 되어 의사들도 당신들 전공인 병에 관해서만 파고든다. 그 병을 치료하다가 이어지는 다른 병은 나 몰라라다. 특히 노인네의 병은 체질 때문에 걷잡을 수 없는 경우가 있다. 노인들 병은 한 가지 병이 났다 하면 꼬리에 꼬리를 물고 또 다른 병이

139

뒤따르기 마련이다.

자, 그럼 어떡하라고? 한 가지 처방을 받으면, 혹은 좋다는 건강법이 있다 해도 거기에만 너무 매달리지 않아야 한다는 게 나의 주장이다. 의사의 처방이나 쏟아져 들어오는 정보에 고개를 아주 돌리지는 말되, 거기에 지나치게 몰입하지 말자는 얘기다.

이 지점에서 과유불급(過猶不及)이란 사자성어가 떠오른다. 좋다는 현미도, 고기도, 칼슘도 적당히 고루고루 조금씩 들자는 얘기다. 운동도 그렇다. 운동이 좋다지만, 온통 운동으로 날을 새다가 운동과잉으로 병이 난 분을 나는 보았다.

제일로 중요한 것은 타고난 유전자고 DNA다. 무엇만을 먹어야 암을 예방하고 무엇만을 먹어야 치매를 막는 묘방은 없다는 사실이다.

떠날 때까지
차곡차곡, 차근차근

100세 시대가 됐다고 세상은 떠들고 있다. 이 말이 헛소리가 아닌 걸 증명이나 하듯, 나는 요 며칠 새에 98세 된 은사의 장례식과 102세로 돌아가신 친구 모친상에 다녀왔다. 93세에 돌아가신 내 어머니를 두고 사람들은 장수를 누리셨다고들 했다. 그 때, 우리나라 평균수명이 80이 채 안 됐었다.(지금은 평균 수명 80세가 넘었다.)

이제 사람의 수명의 생물학적 한계는 115세란 주장도 나온다. 하지만 인구통계학자 제임스 보펠은 기대수명 상승속도를 너무 낮게 잡은 거라면서 금세기 말이면, 남성은 130세, 여성은 140세에 육박할 것이라고 한다. 내 손주뻘 세대는 100세를 거뜬히 넘겨 살 모양이다.

어느 말을 따르든 우리 노년세대들도 이미 장수시대에 와 있다. 우리 세대가 인류 최초로 맞이한 장수세대라면 여기에 맞춰 살아낼 대

책을 생각해 내야 하지 않을까. 허청 목숨만 길게 늘어난 채, 이렁저렁 사는 장수는 우리 모두 사양해야 할 대목이다. 이렁저렁 살기에는 너무 긴긴 세월을 우리네는 살아야 하니까. 내가 아는 분 중에는 이렁저렁 한 몇 년만 살 줄 알았는데, 이렇게 오래 살 거였다면 차라리 죽어 버릴 걸 그랬다고 큰소리 치는 분도 있다.

옛날에 다 배운 거라고, 옛날에 다 경험한 거라고 배움에 등을 돌리는 사람들은 장수를 누릴 자격이 없는 사람이다. 이는 젊어서 많이 배우고 공부를 열심히 했다는 노년들에게서 흔히 볼 수 있는 광경이다. 옛날에 배웠던 것들은 옆으로 치워 두고 새로 배우지 않고는 이 급변하는 세상에서 길고도 길어진 인생을 제대로 살아갈 수가 없다.

삶은 엄격한 의미에서 삶을 배우는 것이란다. 경험과 체험을 통해서 말이다. 이건 아무도 대신해 줄 수가 없다. 긴 인생을 살기 위해서, 인생을 배워 차츰차츰 이루어 나가야 하는 것은 그 옛날 짧은 인생에서는 할 수 없을 만큼 시간이 걸리기 때문이다.

노년에서 할 수 있는 것은 이제 더 이상 외부에 좌지우지 당하지 않는, "더 이상 위에서 하달되지 않는 개인적 문화의 클라이맥스"라는 노년학자 파울 발테스의 말대로 개인적인 문화가 중요하다. 노년의 강점은 빠른 정보처리보다는 자기를 관조할 줄 아는 자세와, 삶에서 획득한 지식을 바탕으로 한 삶의 해석 능력이다.

장수시대에 들어선 우리 노년세대는 길게 늘어난 목숨을, 그 옛날 노인들이 했던 것처럼 노인의 고요한 시기를 연장하는 데에 낭비하지 말고 인생의 중반기를 확대하는 데 사용해야 한다. 장수란 생각 없이 받아들이면, 청장년기는 그대로고, 노년 특히 노년 말기의 확장만 있게 된다. 노년 말기의 확장만 있는 곳에선 삶의 질을 유지할 기능들이 짧아져 간다. 이를테면 기억력의 유효기간도 짧아진다. 기간이라고 말할 것도 없이 조금 전의 일도 기억을 못해서 실수했던 일들, 누구나 겪는 일이다.

어디 기억력뿐인가. 잠자는 시간은 왜 그리 짧아졌는지 젊었을 적처럼, 7시간쯤 한숨에 자고 난다면 우리 모두 지금처럼 피로하지는 않을 것 같다.

집중력, 이것도 짧아져서 근심 걱정거리에 머리가 아프다가도 어느샌가 사라진다. 근심 걱정거리에 매달리지 않게 해 주는 것은 어느 면으로는 고마운 일이다. 하지만 무슨 일을 할 때, 지금 나처럼 이 변변치 못한 원고를 준비를 하는 데도 집중력이 달려서 능률이 안 오르는 이 현실은 서글프다. 짧아진 건 또 있다. 시력도 내 경우, 책을 읽은 지 2시간이 채 안 돼서 사물이 어릿어릿 해져 글이 잘 안 보이는 통에 책을 못 읽겠다는 하소를 하는 심정을 알겠다. 무엇보다 짧아진 건 정신이 맑게 작동하는 기간이 대폭 줄어든 것이다. 대략 2시간 정도 지나고 나면 소위 사고력의 작동이 스톱되는 경우에 맞닥뜨리게 된다.

이 모든 악조건에도 불구하고 우리 노년들은 하고자 하던 일을 해내야지, 안 그러고 멀건이 있다가는 100세 시대에 마지막 몇 십 년을 무료하게 살아가지 않을 수 없다. 몸 운동뿐 아니라 정신운동도 꾸준히 해서 우리 모두 100세 시대를 100세인답게 살아내야 하는데 말이다.

이 모든 것을 해낼 수 있는 능력을 주는 건 단연코 '유연성'이다. 이 유연성은 잃어버린 기능을 보정하는 수단을 적극적으로 만들어 간다. 유연성은 변화와 발전에 대처하는 능력을 발휘하게 한다. 유연한 인간은 나이 들어서까지 삶을 형상화하는 전략을 개발할 수 있다.

이렇게 살다 보면, 긴긴 인생에서는 생명 하나 가지고도 여러 개의 생을 영위할 수 있다. 뿐만 아니라, 다시 새로운 인생을 시작할 수 있으며 스물, 마흔, 예순, 여든에 각각 다른 사람처럼 살 수도 있다!

건강염려증은 병,
건강무심증은 무례

78세 된 내 친구는 요즘 자나 깨나 걱정이 태산 같다. 부정맥 기가 있단다. 거기다가 기관지가 안 좋아서 봄 겨울로 잔기침을 해대더니, 한여름이 되니까 입맛이 도통 없어졌단다. 체중이 내려가고 어지럽기까지 하다며 "이러다 죽는 거 아닐까?" 걱정을 끼고 산다.

병원을 그것도 대형 국립병원을 수시로 드나들며 온갖 검사를 해댄다. 나는 농담 삼아 "그렇게 별스럽지 않은 증세로 대형 병원을 자주 드나들면, 진짜 중한 환자들을 못 고치게 되니까, 너 그러다 정부한테 혼날 거다"라고 위협(?)을 해 봤자 오불관언이다. 며칠 전엔 너무 기운이 없다고 갑상선 기능항진증인지 저하증인지 검사를 했는데 결과는 뭐, 아무렇지도 않단다.

전문가도 아닌 주제에 나서서 친구에게 충고를 했다. "병은 아닐 거

145

다. 그저 늙어 가느라고 그러는 걸 거다. 식욕 돋우는 약이나 좀 먹어 보렴." 그랬더니, 친구 하는 말, "너도 같이 늙어 가는데, 너는 왜 안 그러냐고?" 나는 급하게 되받아서 "너 2년 전에도 이랬어?" "아니~" "거봐, 난 너 보다 2살 적지 않니?" 평소에 나이니 학력이니를 입에 올리지 않던 내가 급하니까 나이를, 그것도 겨우 2살 적은 사실을 꺼내 방패 삼았다. 사실, 애기 때와 늙었을 때는 1, 2년은 고사하고 몇 달 차이도 크긴 크다.

또 한 친구는 난소에 있는 물혹을 방치했다가 우연찮게 암으로 전환될 시점에야 알게 돼 수술까지 받았었다. 지금이야 건강하지만 철저한 자기관리 부족으로 대가를 톡톡히 치른 셈이었다. 그런데 이 친구 조금 걱정되는 점이 있다. 한참 서 있거나 많이 피곤할 때면, 왼쪽 갈비뼈 밑이 뭐가 누르듯이 무지근히 아프다. 그리고 또 있다. 목 아래, 바로 가슴 위 오른 쪽이 딱딱하다.

의사들에게 물어 보면, 반응이 별로 심각하지 않다. "정~ 궁금하시면, 사진을 찍어 보시지요. 하지만 그런 증세가 10여 년이나 됐다니 별일 있겠어요?" 아이구, 의사가 막 검사하래도 망설일 판에 이렇게 대수롭지 않게 말해 주는데, 뉘라서 그 번잡한 검사를 받겠는가. 혹여 검사를 받고, 결과가 나빠서 수술이니 뭐니 한들 이 나이에 받을 건가? 설사 그 고통스런 수술을 받고 나서 깨끗한 몸으로 몇 년을 더 살 건가? 지금처럼, 이대로만 살아도 몇 년은 더 살다가 천수를 누리겠구면.

일찍이 《계로록》을 낸 일본의 소설가 소노 아야코 씨는 70이 넘어서는 수술 같은, 적극적인 치료는 안 받겠노라고 선언했었다. 나는 이 말에는 동의하지만, 70이란 나이에는 동의할 수가 없다. 소노 씨가 70 운운하던 때는 벌써 20년도 더 전이다. 지난 20여 년간 사람들의 수명이 얼마나 길어졌는가. 100세 시대라는 지금 70이란 나이 때문에 수술 같은 적극적인 치료를 안 받겠다고 하는 것은 잘못됐다. 신 인생주기에 따르면, 70은 이제 겨우 노년 문턱에 온 셈이니 말이다.

그럼에도 불구하고 70대 후반을 달리고 있는 이 시점에는 10년이 넘도록 크게 괴롭히지도 않는 그 어떤 물체(?)인지 병인지를 들쑤시기보다는 그대로 두고 사는 것이 옳은 것 같다. 그것들과 같이 평화공존을 이루어 가며 인생의 종착역을 향해 조용히 함께 늙어가는 것이 낫지 않을까. 어쩌면 내 친구 같은 건강염려증보다는 뭔가 딱딱해도 무심히 지내는 건강무심증 친구가 나은 걸까? 누가 옳고 그른지는 딱히 판정이 안 난다.

그리고 보니 "건강유지는 하나의 의무"라고 했던 영국 사상가 허버트 스펜서의 말이 떠오른다. 이 같은 육체에 대한 예의가 있다는 것을 의식하는 사람이 아무리 드물기로서니 자기 혈압이 그렇게나 높은 줄은 차마 몰랐노라면서 하루아침에 쓰러져 반신불수가 되어 버린 사람을 나는 미워한다. '육체에 대한 예의'인 건강유지 의무를 완전히 잊어버린 것이 미운 것이다.

젊어서는 건강을 그대로 두어도 되는 것이 늙어서는 손을 써야 자기 몸을 건사하게 되는 것이다. 이것이 바로 육체에 대한 예의를 차리는 것이다. 자기 혈압수치에도 무심하고, 기본 건강상식에도 소홀하고 무심한 사람은 질색이다. 자기는 그렇다 치고, 자식을 포함한 주변 사람들에게 남 못 할 노릇이니 말이다.

그렇긴 해도 온갖 병명을 가져가 대입해 보고, 상상해 가며 자기 몸에 대한 건강염려증으로 날을 지새우는 노인도 바람직한 모습은 아니다. 노인들의 건강염려증은, 열중할 일이나 할 일이 없어서 걸리는 경우가 많다고 노인학자들이 야박스레 말하지 않던가. 전쟁 중에는 위장병이 없다는 보고와 일맥상통하는 얘기다.

공자님 말씀대로 중용을 지키고, 성경 말씀대로 좌로나 우로나 치우치지 않아 균형을 찾는 것이 좋다는 것은 세상만사에 다 통하는 진리다. 건강에 대한 관심도 마찬가지다.

'장수에 효자 없는 시대'를
살아내기

딸이 5년 만에 귀국했다. 귀국하자마자 편찮으신 제 시어머니 돌보느라 동분서주하고 있다. 귀국한 지 벌써 석 달 가까이 됐지만 친정 에미인 나를 본 건 두세 번뿐이다. 나는 섭섭하기는커녕, 아직은 내가 딸이 돌봐 주지 않아도 될 만큼 씩씩하니 지낼 수 있다는 사실이 다행스럽기만 하다. 그리고 한편으로 내 딸이 대견하다고 생각했다.

요즘 세상이 확실히 거꾸로 됐다. 며느리인 내 딸이 시어머니와 함께 살면서 시어머니를 돌보는 사실을 사람들은 당연한 도리로 보지를 않는다. 당연한 도리라기보다 사뭇 희귀한 사실로 간주한다. 가령 내딸이 휠체어에 시어머니를 태우고 어디를 가면 사람들이 ─ 물론 젊은 사람은 말고 ─ 물어 온단다. 첫 번째로 물어오는 질문. "딸이유, 며느리유?" 며느리라고 하면, 한결같은 반응은 "아유, 참 예쁘다~ 그 며느리"

다. 아니면, "요즘도 저런 며느리가 다 있네~" "참, 신통도 하지"이다. 당연한 의무를 행하고 있는 내 딸의 행동이 희귀하게 보이는 모양이다.

그런데 나는 요즘 걱정이 새로 생겼다. 그리고 아슬아슬하다. 그것은 시들시들 죽어가던 꽃나무 같던 내 딸의 시어머니가 싱싱해져서 짓푸른 잎사귀를 뻗쳐대는 화초처럼 다시 살아나신 것이다. 얼마나 다행인가. 그런데 내 딸을 비롯한 젊은이들의 반응은 의외로 시큰둥하다. 그리고 내 딸은 전에 없이 부쩍 피곤해 하고 있다. '충효'를 하늘같이 떠받들던 조선시대에도 "긴 병에 효자 없다"는 속담이 생긴 걸 보니, 내 딸의 피로감은 당연한 건가?

아이가 그리고 젊은이가 아프다 회복이 되면, 사람들은 얼마나 다행스러워 하는가. 하지만 늙은이가 다 죽어가다 살아나면, 그게 그렇지 않은 게 야박한 세상인심이다. 결국 노년들은 사랑받는 세대는 못된다.

그럼, '떠받듦'을 받을 세대인가. 아니다. 내 딸 모양, 잠시는 자식들이 잘 한다. 하지만 우리 모두는 장수시대를 살고 있다. 나이 먹어 가면서 옛날 같으면 죽고도 남았을 병들을 누구나 한두 차례 앓다가 살아났다. 그리고 나서도 가량없이 목숨이 길어졌다. 이 긴긴 기간에 어느 누가 시종여일하게 노인을 떠받들 수 있겠는가?

흔한 건 귀하지 않다. 하지만 길거리고 전철이고 노인네투성이가 된 세상이다. 앞으로 10년도 안 돼서 우리나라는 '초고령사회'(65세 인구가 전체인구의 20%가 넘는 사회)가 된다지만, 체감상으로는 이미 초고령 사회가 왔다.

아는 건 권력이다. 모르면 종속적인 인간이 된다. 모르면 주눅이 들기 마련. 그런데 요즘 젊은이는 아는 게 많다. 아니, 아는 게 많은 게 아니라, 기기를 다루어 아는 것들을 잘 써먹는다. 저들은 디지털 원주민이니까.

하지만, 우리 노년들은 모르는 게 많다. 아무리 배우고 공부해도 젊은 것들처럼, 기기를 작동해서 모르는 걸 알아내는 데 영 서투르다. 저들은 태어나서부터 가슴으로 써 온 디지털 원주민들이지만, 우리는 늙은 후에 공부해 배워 머리로 쓰는 디지털 이민자라서 그렇다. 우리가 수십 년 전에 학교에서 배웠던 지식이 지금 몇 %나 제 값을 하던가? 이름 석 자 말고는 모든 걸 바꾸라고 하는 세상이다.

우리 딸만 해도 386세대를 넘어서 486세대나 되니까 저나마 시어머니를 모시고 다니지, 요즘 어디 감히 자식들의 돌봄을 기대할 수 있겠나. 흔하고, 무식하고, 이기적이고, 자기본위적이고, 꼴통이고 거기다 가량없이 오래 사는 노인들…. 대체로 이런 것들이 우리 노년들에 관한 젊은이들의 인식이다. 이 악의적(?)인 노인 인식의 유리벽이 우리 노년들을 둘러싸고 있는 거다. 이처럼 어려운 상황이 오늘날 우리 노년들의 형편이다.

디지털 원주민처럼은 못 되지만, 우리 노년들은 머리로 배워서 저들의 돌아가는 삼각지를 알아차리는 정도로 자족하면 되잖을까. "웬 건강돌보기?" 하는 눈초리를 넘어서 우리 스스로 건강을 돌보다가 아주 늙어서는 시니어 홈 같은, 요즘 '노년들의 본향'같은, 그곳으로 돌아가서 또래끼리 인생 말년을 보내야 할 운명이라 여기는 게 상책이라는 생각이다.

요즘 들어 나는 아슬아슬하다. 내 딸이 시어머니 돌보는 데 진력이 나서 손을 놓을까 진정 나는 아슬아슬하다.

건강한 장수는
자기 하기 나름

빛의 속도만큼 빠르게 변해 가는 게 요즘 세상이라지만, 나는 우리 나라가 어느새 세계 여기저기서 1등을 할 만큼 변했다는 게 신기하다. 그런데 김연아가 세계 1등을 했다는 것은 그냥 순수하게 기뻐하면 되겠지만, 우리의 고령화 속도가 세계에서 1등을 한다는 데에선 고개가 갸우뚱해진다. 이걸 그냥 기뻐해야만 하는 건지 아니면 걱정거리를 떠안게 되는 건지…. 내가 헷갈려 하는 지점이다.

2000년대에 70대이던 평균수명이 지금은 80을 넘어섰단다. 21세기는 '고령화 세기'라는 수사에 걸맞게 장단도 잘 맞춰 가는 우리나라다. 하지만 목숨만 길어지면 뭘 하나. 사람스럽게 살아가면서 오래 살아야지. 그런데 우리나라의 경우, 젊고 활기찬 노년들의 숫자가 소위 선진국에 못 미치고 있단다. 우리나라 100세 노인들의 장수 원인을 탐사하던 학자가 한때 보고서 작성을 포기했다고 한다. 왜냐하면 100세를 넘겨 살고는 있지만 이분들은 명줄만 이어 갔지, 이미 사람스럽지가 않더라고 했다. 지금은 그렇지도 않을 테지만.

이처럼 우리나라는 질병이나 장애로 지내는 노년기간이 12년이나 된다고 한다.(2021년 여성가족부 통계 자료) 이건 뭘 말하는가. 평균 수명과 건강수명(질병이나 장애 없이 살 수 있는 기간) 간의 간격이 10여 년이나 된다는 얘기다. 이웃 일본은 5년, 중국도 간격이 우리보다 1년이 짧다. 다른 사람의 수발을 받아야만 생존할 수 있는 기간이 이처럼 길기만 한 장수가 축복일 수 있는가?

우리 윗세대와 우리 세대는 최신 의술 덕에 단순한 육체적 수명은 늘어났다. 오죽하면 현대 의학은 명줄을 늘리는 기술만 발전했지, 병을 완치하는 기술은 없다는 혹평이 나왔을까. 건강을 수반하는 소위 건강수명을 사는 분들이 많지 않다는 것은 불행한 일이다. 단순히 평균 수명만 빠르게 증가했지, 건강수명 증가는 평균 수명 증가속도를 못 따라가는 형편은 안 좋다.

보통 고령화 초기에는 건강하지 못한 노인증가 비율이 커진단다. 그러나 기왕에 고령화되어 온 선진국에서는 심신이 함께 건강한 노인 비율이 크다고 한다. 우리네도 선진국을 따라서 건강수명과 평균 수명의 간격을 좁혀야 한다. 안 그러고 명줄만 늘려가는 노인들의 증가!

이건 아니잖은가. 어서어서 선진국 형 장수를 하면서 고령화 속도 1등을 해야 비로소 우리는 맘 가벼이 1등을 즐길 수 있을 것이다. 김연아의 1등처럼.

40이 넘은 사람의 얼굴에는 그 사람의 책임이 있다던가. 건강, 그것도 노후에 건강한 삶을 유지하기 위해서는 개개인의 노력과 책임이 필요하다. 젊어서는 가만히 앉아 있어도 건강과 생기가 절로 찾아온다. 하지만 늙어서는 자기 하기 나름에 따라 건강과 생기를 챙길 수도 있고 안 그럴 수도 있다.

다시 말하지만, 건강과 생기를 갖춘 장수만이 축복이다. 단순히 명줄만 늘려 놓은 장수는 재앙이다. 온갖 성인병 등 몸과 맘의 장애를 가지고는 질 높은 노년기의 삶이 불가능하다. 이는 생애 손실(수명손실)일 뿐이다. 생애 손실로 이어진 장수는 재앙이지 축복이 될 수가 없다.

분명한 것은 자기 몸과 정신의 건강은 자기가 지켜야지, 천하 없는 효자나 배우자도 대신해 줄 수는 없다. 세상의 사회질서를 체계화 하다시피 한 허버트 스펜서라는 영국 학자는 일찍이 "건강유지는 하나의 의무"라고 했다. 그런데 의외로 사람들은 자기 몸에도 육체상의 예의를 차려야 한다는 것을 의식하는 사람이 많지 않다. 건강을 곁들인 장수를 하는 데 공짜는 없다. 건강 정보가 흘러넘치는 이 시대를 살면서 최소한의 '육체에 대한 예의'도 모른 채, 깜깜하게 뭘 모르고 사는

155

사람들은 활기 찬 후반생을 사는 무리 가운데에서 단연 아웃감이다. 그 많은 건강정보의 홍수 속에서 건질 것 건져서 자기관리를 하는 사람들만이 긴긴 인생 후반기를 제대로 살면서 즐길 자격이 있다. 실제로 내 주위에도 타고 난 건강함에 더해 자기 관리를 꾸준히 한 덕에 70대에 청년처럼 활동하고 80대에 중년처럼 활동하는 분들을 심심찮게 뵐 수가 있다.

건강수명을 살아 내야만 우리는 사랑하는 자식들에게도 '역효도' (역으로 부모세대가 자식들의 염려를 안 끼치는 것)를 할 수 있고, 노인차별주의(ageism)의 표상인 '유리벽'도 쳐내 버릴 수가 있다.

건강 챙기는 데
눈치 볼 일 있나

젊은이들이 하는 TV 대담프로를 무심히 보다가 정신이 번쩍 드는 소리를 들었다. 노인들은 실내장식 필수품으로 반드시 달력을 벽에 걸어 놓는단다. 그 말이 떨어지자 그 자리에 있던 너도 나도 모두 "우리 부모도"하며 웃음을 터뜨렸다.(요즘 방송은 이처럼 웃음소리를 넣어가며 폭소 장면을 만들기는 한다.)

"에구, 나도 그런데…" 사실 이맘때쯤에는 그림 좋은 달력 골라서 거실에 하나, 그리고 내 방에 하나, 하면서 달력을 거는 것이 연말 연초의 주요행사다. 지난 시절에는 더 했다. 달력은 집안에 반드시 걸어두는 것이었다. 그래서 될 수 있는 대로 보기 좋은 것으로 골랐던 기억이 난다. 1960년대는 외국회사 달력이라도 구하면 횡재한 듯 신이 났었다.

지금은 어떤가. 글자가 큰 것으로 골라서 눈에 가장 잘 띄는 곳에 걸어 둔다. 시공간의 개념이 흐릿해진 건 분명하다. 90이 넘으셨던 어머니는 생전에 낮잠을 주무시고 나서는 지금이 밤인지 낮인지 더 나아가서는 오늘인지 내일인지를 헷갈려 하셨다. 어쩌면 저러실 수 있을까 싶었는데 70이 넘은 나도 어느새 날짜를 헷갈려 하기 일쑤다.

나만 그런 게 아닌 모양이다. 또래 친구들 간에도 약속 날짜와 시간 그리고 장소를 거듭 확인한다. 어느새 나는 내 어머니를 따라 가고 있는 거다. 이런 불가피한 이유로 달력을, 그것도 글자가 큰 달력을 필수 장식품으로 여기는 그것을 가지고 젊은 것들이 웃어댄다. 자기네들이 웃거나 말거나 달력은 나의, 그리고 우리 모든 노년들의 필수품이다!

이처럼 내가 어머니를 부등부등 따라마시듯이 세상도 어찌 빨리 돌아가는지 어지러울 지경이다. 뭐 하나 겨우 익힐 만하면, 바로 또 다른 새로운 것들이 나온다. 아이패드니 아이팟이니 스마트폰이니 하고 바꿔 가는 사이버 세상을 일일이 따라가기는 그렇다 치자. 하지만 학자들의 예측보다 앞서 변화무쌍한 현실이 닥치니 어찌할 바를 모르겠다.

2007년 내 책에 앞으로는 아기 분유보다는 머리 염색약이 더 팔리는 시대가 올 것이고, 아기 기저귀보다는 성인용 기저귀가 더 팔릴 거란 미래학자 피터 피터슨의 예측을 인용했었다. 글을 쓸 당시엔 인용은 하면서도 속으로 "설마, 어느 세월에?"하는 맘을 가졌었다. 그러나 웬 걸, 올해 한국 신문에도 성인용 기저귀 판매가 아기 기저귀보다 더 팔린다는 기사가 났다. 그리고 보니 일본은 벌써 2009년부터 성인용과 아기용 기저귀 판매량이 역전됐단다.

사람의 수명도 그렇다. 불과 몇 년 전까지 설마 하는 생각으로 100세를 얘기했지만, 이제는 여기저기서 100세 어른들을 뵈면서 100세 시대의 도래를 실감할 수 있다. 도대체 인간의 수명은 어디까지 갈 수 있으려나? 내가 항상 강조하는 얘기지만, 수명이 길어지는 것과 비례해서 청춘기가 길어지거나 팔팔한 중년기가 길어지는 것은 아니다. 이건 뭘 말하는가. 노년기만 가없이 길어졌다는 뜻이다.

사람이 아주 늙으면 하던 일도 중단하게 된다. 또 몸은 아프고 병들기 마련이다. 하지만 영악한 인간들은 길어질 인생주기에 대비하는 연구가 활발하다. 2모작, 3모작 인생을 거론하고 있다. 건강도 오래 유지해야 한다고 이런저런 운동에다 건강식을 설파하는 책이며 방송이 매일 홍수처럼 쏟아진다. 오래오래 살아 갈 인생에 대비해서 몸 건강, 마음 건강을 챙기라고들 한다.

그런데 이런 대비를 하는 노인들을 젊은이들은 어떤 눈으로 보던가? 우리 속사정 모르는 젊은 것들이 달력 챙기는 우리 노년들을 개그 소재로 삼는 것은 물론 얼마나 오래 살려고 저리 극성스레 운동들을 하나 하는 눈초리까지 느낄 수 있다. 달력을 실내장식품처럼 안다고 흉을 보거나 얼마나 오래 살려고 저리 기를 쓰나 하는 눈초리를 보이 거나, 뭘 좀 할라 치면 은퇴를 모른다고 수근대는 것들에 나는 오불관 언하련다. 저들이 우리 삶을 대신 살아 줄 건 아니니까.

게다가 우리는 자식들을 20여 년 키워 주었지만, 저들은 부모 노후 를 20년은커녕, 30년 40년도 더 봐야 한다. 마음으로나 계산상으로도 저들에게 마냥 기댈 수만은 없다. 100세 시대에 맞추어 변화해야 하 고, 변화에 따르자니 배워야 한다. 제2의 중년기, 제3의 노년기에 대비 해야 한다. 그렇지 않으면 노인을 바라보는 주위의 차가운 눈초리를 받을 따름이다.

이를 두고 나는 젊은 여성들에게 직장에서 보이지 않는 유리천장 이 있듯이 우리 노년들에게도 사방을 에워싸고 있는 유리벽이 있다고 홀로 외쳐대고 있다. 유리벽을 깨뜨릴 용기가 없이 그냥 멀거니 있다 가는 우리 노년들은 조나단 스위프트의 유명한 풍자소설 《걸리버 여 행기》에 나오는 스트럴드브럭(struldbrug)이란 이상한 이름의 족속이 돼 갈 것이다. 스트럴드브럭 족은 나이를 먹어 갈수록 육체와 정신은 쇠약해지지만, 결코 죽지는 않는다. 어렸을 적에 익혔던 것 말고는 아 무것도 기억하지 못한단다. 새로운 것을 배우려는 최소한의 호기심조 차 가지고 있지 않은 족속이다. 내 주위에도 이런 족속을 빼닮은 노인 들이 있지 않던가?

사전연명의료의향서를
생각한다

    나는 어려서부터 국수를 좋아하지 않았다. 그래서인지 국수를 잘 먹지도 못 했다. 나와 함께 국수를 먹어 봤던 사람들은 안다. 상대방은 국수그릇을 비울 때쯤이건만 내 국수그릇은 점점 차오른다. 왜 그럴까? 국수가 잘 안 먹히니 먹기보다 젓가락으로 휘젓기만 하다 보면, 국수가 점점 불어나서 처음보다 더 많아지곤 했다.

    그러던 내가 70을 넘긴 요즘엔 구수한 국물에 만 국수가 좋아졌다. 어제도 늦은 점심을 포식한 뒤라, 저녁은 생략하려고 했다. 나날이 불러오는 나의 배를 위하여서도. 그런데 섭섭해서 영 안 되겠다 싶었다. 그러자 후루룩 먹을 국수 반 그릇이 생각났다. 찬장을 뒤져서 문자 그대로 후루룩 국수를 끓여 먹었다.

    이처럼 사람은 살아가면서, 더구나 요즘처럼 오래 살면서는 다른 사람들 특히 젊은이들 눈에는 변덕스럽다 할 정도로 우리 노년들의 입맛이며 취향도 바뀌는 게 보통이다. 매운 맛을 유난히 좋아 하던 분들이 딱 80 전후가 되니까 매운 것을 영 들지 못하는 모습을 보는 것도 안쓰러웠다.

그런데 당사자 아닌 젊은이들은 이런 우리 노년들의 변덕 아닌 변화를 알 리가 있나. 효성스럽다는 나의 딸도 엊그제 말끝에 "울 엄마는 국수를 싫어하시니까…"란 소리를 하고 있었다. 가까운 내 딸도 엄마의 변화를 몰라보는데, 항차 남들이사….

바뀌고 변하는 것이 어디 입맛뿐이랴? 나보다 2살 어린 남동생이 암 말기가 되어 3달밖에 못 산단다. 놀라고 침통한 마음에 형제들이 달려갔더니 아직은 환자 같아 보이지 않는 동생이 그랬다. "누님들, 이왕 이렇게 된 마당에 나, 항암제고 뭐고 치료도 안 받고 그냥 깨끗이 죽겠어요. 누이도 그랬잖아요? 남정네는 마누라 앞에서 죽어야 좋다고." 할 말을 잊고 그 날은 침통한 맘으로 돌아왔었다.

그런데 아~ 한 달도 안 된 사이에 동생은 마음을 고쳐먹었다. 우선 구토와 원활한 배설을 위해서 항암제를 써야 한다는 권유를 받아들였단다. 물경 40시간이나 걸려 항암제를 다 맞고 났더니, 음식을 조금 든다는 얘기를 들었다. 우리 형제들이 동생이 좋아하던 맛난 것을 이것저것 사 들고 갔더니 동생은 40년 전 돌아가시던 때의 아버지 모습으로 변해 있었다. 그런데 누이들을 놀라게 한 것은 동생의 겉모습보다 동생이 하는 말이었다. "누이들, 나 열심히 투병하고 악착같이 오래살 거예요." 결의에 찬 목소리였다.

이런 노년들의 변덕 때문에 당황하는 사람들 중엔 의사들이 있다. 폴리 첸이란 의사의 수기 《나도 이별이 서툴다》를 보면, 아무리 자세한 사전연명의료의향서*를 가져왔어도 막상 죽어가는 현장에서는 우왕좌왕하며 당황하게 된단다.

의향서를 작성해 뒀으면 뭐 하나. 변호사 사무실에서 그렇게나 명료했던 사항들이 막상 죽음의 현장에서는 도덕적으로나 감정적으로 갑자기 혼란스러워들 한단다. 예를 들어 아직 남아 있을지도 모를 시간에 거는 희망 때문에 치료 중단을 미룬다고 했다.

사람 맘이 말년에 오죽 자주 바뀌었으면 "노인들은 팬티 갈아입듯 유서를 바꿔 쓴다"는 서양 속담이 있을까. '오늘은 이 자식이 내게 가장 잘 해 주니…' '내일은 저 자식이 이뻐 보이니…' 하는 이유로 유서를 수시로 바꿔 쓴다는 노년들. 이를 지켜보는 젊은이들의 당혹감이 짐작이 간다.

나이 먹어 가면서 나처럼 입맛이 달라진다든지, 아니면 오늘은 유

---

* 사전연명의료의향서란 임종이 다가올 때 효과는 없고 고통스럽기만 한 의료처치를 받지 않겠다는 의향을 법적으로 분명히 해 놓는 것. 예를 들면 인공호흡, 제세동기 등등을 사양하는 것.

산을 애한테 줬다가 내일은 재한테 더 주고픈 부모들의 변덕스런 마음을 젊은 저들이 어찌 알겠는가. 스위스의 정신의학자인 폴 투르니에도《자신과의 대화》란 책에서 유명한 말을 남겼다.

그는 "당신이 항상 젊은이처럼 보이게 하는 비밀을 알려 주시지 않겠습니까"라는 질문에 "나의 비밀, 그것은 내 인생에서 몇 번이고, 저 결정적인 전환기를 통과했기 때문이죠. 전환기 하나하나가 새로운 출발이 됐기 때문에 항상 젊어지는 것 같이 보이는가 봅니다"라고 했다.

우리나라에서 거의 60여 년 전에 처음 나왔던 그 라면만 고집해 먹는다는 노인은 요즘 나오는 다양한 라면맛을 모르게 될 거다. 라면이야 새로운 맛을 몰라도 상관이 없지만, 변해야 하고 바꿔야 할 것이 어디 라면뿐이겠는가. 빛의 속도만큼 빠르게 변한다는 이 세상을 살아가자면 젊은 애들처럼 앞장서지는 못하더라도 뒤꽁무니에서라도 따라가야 한다. 그래야 세상과 어울려 살 수 있고, 고집불통이거나 고립된 노인상을 면할 수 있을 것이다. 변덕을 부리는 나의 마음을 제대로 다스리려는 노력을 동반해야 할 필요성은 더 말할 것도 없다.

'넘어지는 기술'
덕을 보다니

요 몇 년 새, 나는 이렇게 생각했었다. 지구 온난화니 뭐니 떠들더니 드디어 우리나라도 우리들 어릴 적에 쨍하도록 춥던 겨울, 쌓이고 쌓인 눈 속을 뽀드득뽀드득 소리 내며 걷던 추억 속의 겨울은 없어졌나 했었다. 그랬더니 웬 걸, 올해는 오랜만에 겨울다운 겨울을 보냈다. 쨍하고 추운 것도 추운거니와 뭐, 100년래 기록이랄 정도로 눈이 참 많이도 왔다.

그 옛날, 눈이 오면 뭐가 그리 좋았던지 강아지 모양 즐거워 이리 뛰고 저리 뛰던 추억이 아련하다. 그러던 내가 올해는 그 많은 눈길에서 넘어지면 어쩌나 싶어 부들부들 떨며 지냈다. 눈이 왔다고 아주 외출을 안 할 수도 없는데다 방에 며칠만 있다가는, 그렇다 정말 며칠만 방 안에만 있다가는 내 몸이 천근만근 굼떠지는 걸 여실히 보여주니 움직이지 않을 도리가 없다.

그러니 자나 깨나 불조심이 아니라, 자나 깨나 넘어지거나 자빠지지 않게 조심 조심, 아슬아슬 지냈다. 그러나 조심을 하면 뭐하나, 어느 순간 아니 찰나에 자빠지고 넘어지는데. 그래서 히노하라라는 100세 된 일본의사는 '다치지 않고 넘어지는 기술'을 익히라고 했다. 그러나 현실은 기술을 써먹기도 전에 넘어지니 어쩌랴. 전에 어머니에게 "넘어지지 않도록 조심하세요"라고 내가 일러 드리면, 어머니는 "맨날, 날 보고 조심하라면서 젊은 너희들은 왜 넘어지니?"하고 맞받으셨다. 자식이 맨 이것 하지 말라, 저것 해라 이르는 것에 신물이 나 하시던 어머니셨다.

어쨌거나 애면글면 조심한 덕에 나는 넘어지지 않고, 이 겨울을 무사히 지냈구나 싶었더니만…. 날씨가 제법 푹해진 다음에 일이 벌어졌다. 나는 며칠 만에 뒷산 공터로 산책을 나갔다. 눈이고 얼음이고 다 치운 산책길을 걷고 나서 언덕길을 내려올 때였다. 눈과 얼음이 녹아서 길이 질척질척했다. 내려오는 언덕길에는 친절하게도 녹색, 붉은색 우레탄이 깔려 있었다. 나는 습관대로 길 가장자리로 걸었다. 날이 어둑하자 길옆에 쌓인 눈 녹은 물이 얇은 막을 이뤄 빙판길이 되어 있었던 모양이었다. 하지만 내 눈에 얇은 막처럼 깔린 얼음길이 보일 리가 있었겠나.

166

순간 찍 미끄러지는데 그나마 평소 익힌 대로 몸을 왼쪽으로 눕듯이 각도를 잡아 넘어졌다. 몸뚱이는 왼쪽으로 누웠지만 오른 다리는 채 어쩌지를 못하고 무릎이 완전히 꺾인 채였다. 나는 오른 다리를 펴서 일어나려 했지만, 다리도 몸도 요지부동이었다. 속으로 "큰일이 닥쳤구나!" 생각하는 그때, 한 남자가 지나가면서 "다치셨어요?"라고 묻기에 "좀 일으켜 주세요"라고 앓는 소리를 했다. 모르는 남자에게 육중한 몸을 의지해 일어나 오른 다리를 펴 봤다. 남자는 바쁜 듯 가 버렸고, 나는 한 발을 떼어 보았다. 아픔에 절로 하나님 소리가 나왔다. 그래도 고맙게도 걸어서 집에 올 수 있었다.

늙어서는 잘 넘어지고, 그러다가 고관절이라도 부러지면, 뼈가 아무는 어간에 모든 몸의 기능이 동시다발로 나빠져서 죽음에까지 이른다지 않는가. 일본 작가 소노 아야코는 저서 《계로록》에서 "사람이 걷는다는 것은 그저 단순히 한 지점에서 다른 지점으로 이동하는 것 이상으로 중대한 의미를 갖는다"고 했다. 그렇다. 잘 걷지를 못하면, 사는 데 불편한 것 말고도 사람들이 더불어 어울리기가 꺼려진다. 함께 어울리다 돌아갈 때 노인이 무사히 가셨을까 걱정하는 소리를 들어야 하기 때문이다. 잘못되면 공연히 아무개한테 갔다가 넘어졌다는 소리 듣기 십상이잖은가.

노인들이 잘 넘어지는 것이 비단 눈길, 얼음길뿐이 아니다. 집안 욕실에서고 마루에서고 아무데서나 순식간에 넘어지는 것을 어찌하랴. 내가 아는 방송인은 "침대도 아닌 요 위에서 넘어져 기브스를 하다니…" 하며 한탄을 했었다. 사고는 찰나에 일어나고 우리 어머니 말씀처럼 조심하는 젊은 것들도 넘어지게 되면, 넘어진다.

하지만 이번에 자나 깨나 넘어지지 않도록 조심을 한데다가 넘어지는 그 찰나에 넘어지는 기술을 조금은 써먹은 덕에 침 이틀 맞고 아무 일도 없었던 듯 걸어 다닐 수 있게 됐다. 늘도록 별별 걸 배우라 배우라 하더니, 나중엔 '넘어 지는 기술' 배운 것이 이처럼 덕이 될 줄이야!

몸에 맞춰
생활도 바꿔야

올 여름은 유난히 더웠다. 내 또래들은 살아오는 동안 가장 더웠던 해 같다고들 한다. 내가 그렇지는 않다고 말해도 부득부득 올해가 가장 더웠단다. 힘들었던 지난 일은 잊어버리고, 지금 당장 겪는 일만 힘들다고 느끼기 때문이리라.

기억력 나쁘기로 둘째 가라면 서러워 할 내가 이렇게 자신하고 올해가 가장 더운 해가 아니라고 주장할 수 있음은 나름대로 사연이 있기 때문이다. 20년 전, 그러니까 1994년 여름에 나는 두 달 된 손녀를 맡아 키웠었다. 손녀를 키우면서 겪었던 더위가 기억에 생생해서 자신 있게 말할 수 있는 거다.

그 시절만 해도 에어컨이 지금처럼 대중화되지 않았었다. 에어컨도 없이 그야말로 찜통 더위 속에서 갓난쟁이를 키우면서 더위에 시달렸던 기억은 영 잊히지 않고 내 기억창고 속에서 생생히 자리 잡고 있다. 그 해 더위가 어땠냐 하면, 샤워를 하고 나서 수건을 등에 대면, 그 수건이 뜨끈뜨끈 해져서 곧바로 다시 땀이 나는 정도였다.

백 마디를 하면 뭘 하나. 과학적인 증거를 대 가며 얘기해 보자. 올해 한국 최고 기온은 38도 7부지만(영월 안동 전주 등등), 18년 전에는 39도 4부였고(대구 순천 밀양 등등) 서울도 38도 4부까지 갔었다.

사람들은 또 말 한다. 올해 더위는 가장 길었다고. 아니다. 올해는 열대야가 12일간이었지만, 그 해(1994년) 대구에선 3주나 갔었다. 서울도 14일간이나 열대야가 계속됐다. 보통 사나흘 가던 열대야가 왜 이리 극성일까. 세상 돌아가는 모든 것이 상서롭지 못해 보인다.

춥고 더운 것을 유난스레 못 견뎌 하는 것은 우리 노년들이다. 거기다 에어컨 바람도 못 쐬는 분들이 많다. 땀 분비가 원활하지 못하고 체온조절 중추기능이 낡아서 그러려니 한다. 젊은 애들과 함께 있으면서 걔네들에 맞춰 냉방기를 틀다 보면, 우리 노년들은 십중팔구 기침 콧물에다 삭신이 쑤시게 된다. 올해는 전력이 모자란다고 온도를 낮추지 못하게 한 것이 외려 우리 노년들에게는 다행스러웠다. 백화점이나 은행이나 극장엘 가도 전처럼 너무 춥지 않아 좋았다. 젊은 애들이야 싫었겠지만 말이다.

그런데 예외인 곳이 있다. 장례식장이다. 어째 당국의 단속이 안 미치는지 장례식장만은 아직도 냉방이 팡팡 들어온다. 나도 어제 친지 조문을 다녀왔다. 같이 가는 81세 언니더러 겉옷을 준비하라고 미리 말씀드렸다. 그럼에도 불구하고 언니가 춥다고 해서 조금 더 있어야 하는데도 일찍 장례식장을 떠나야 했다.

내 후배는 어머니가 중환자실에서 한 20일 지내다 돌아가셨는데. 장례를 치르는 3일간 장례식장에 있다가 그야말로 뻗어 버렸다. 나하고 일주일에 한 번 하는 요가에도 장기 결석할 지경이었다. 그뿐인가. 내 이모는 동서 장례에 사흘간 참여하고 나자 그만 몸져누워 버렸다. 내 후배나 이모 모두 빵빵 틀어대는 냉방기에 넉아웃 당한 꼴이다.

그러기에 일본 작가 소노 아야코 같은 이는 어느 나이가 되면, 즉 나이가 먹어서는 경조사에 인사를 차리지 않아도 된다고까지 했다. 노인네가 경조사에 안 왔다고 나무랄 젊은이는 없단다. 따지고 보면, 당신들이 가고 싶어서 가는 것이다.

늙고 나니까, 이것도 저것도 하지 말라는 것이 이리도 많아지는 지…. 남이 뭐라기 전에, 우선 내 몸이 그러란다. 어쩔 것인가. 나도 내 몸을 따라야 하지 않겠는가. 그래서 어느 나이가 되면, 태세 전환을 하라고 했다. 태세 전환이란 뭘 말하는가. 지금까지 살아오던 생활에서 변경을 하라는 거다. 쉽게 말해 생활 전반을 바꾸라는 말이다. 맞는 말인 것이 우선 내 몸과 맘이 예전 같지 않으니, 지금의 내 몸과 맘에 맞춰서 태세 전환을 하지 않을 수 없다. 우선 오늘 얘기한 기온차이의 부적응에 관해서만 말하자면, 지금까지 다니던 친지 장례에 불참해도 된다는 얘기다.

그러고 보면, 태세 전환 할 곳이 어디 장례식장 참석 여부에만 있겠는가. 생활 전반에 걸쳐서 지금까지 살아오던 패턴에서 반 바퀴 혹은 360도 한 바퀴를 온통 바꾸어 놓으라는 얘기다. 그래야 길고도 길어진 노년기를 제대로 지낼 수 있게 된단다.

4

여유로운 노년을
위하여

돈 모으기보다
사람 가꾸기를

내가 좋아하는 고미숙*이란 학자가 있다. 이분은 나와 종씨지만 실제로는 일면식도 없다. 그냥 이분의 이야기와 저서에 매료되어 좋아할 뿐이다. 국문학 박사지만, 직업은 없는 것으로 안다. 수유+너머라는 연구공간을 만들고 거기서 먹고 공부하고 하는 백수모임을 이끌고 있는 분이다.

공부를 마냥이고 하다 보니, 자연발생적으로(?) 여러 권의 저서를 냈다. 2010년 낸 《돈의 달인 호모코뮤니타스》(그린비)란 책을 소개하는 프로를 봤는데, 거기서 나 하고 똑같은 생각을 얘기하고 있어서 반가웠다. 사람은 사람과의 '관계'가 가장 중요하고 사람들은 그 관계 속

---

* 국문학 박사, 《박지원의 열하일기: 웃음과 역설의 시공간》 등 여러 저서가 있음.

에서라야 행복해지는 거란다. 가까운 사람들과 어울려 지내는 것은 행복한 일이다.

100세 시대를 살아가야 할 우리 노년세대에게 필요한 것은 '사람'이다. 흔히 '노후 준비=돈'이라고들 하지만, 우리가 진정 필요로 하는 것은 돈보다는 사람이다. 그러나 100세 내지 122세(타임지에서는 122세를 말했다)를 사는 어간에 내 귀중한 사람들 중 몇몇은 떠나갈 거다. 더구나 그 옛날 농경시대와 달리 내 이웃이 없어지다시피 되었다.

자식들은 어떤가. 내 자식 남의 자식 할 것 없이 산지사방, 세계 방방곡곡으로 흩어져 살고들 있다. 과연 현대는 유목시대*라는 말 그대로, 어느 때는 내 옆에 자식들이 하나도 없다가 어느 때는 모두 있기도 한다. 따라서 내 품 안에 손주를 끼고 사는 노년들은 아주 드물어졌다. 가끔 보는 손주들에게 용돈을 두둑이 주는 그것으로 조부모노릇 잘하는 줄 알았다가는 오산이다. 손주란 내 손 끝과 내 품에서 비비고 부대끼고 자라난 손주라야 정이 오가는 진짜 조손관계가 된다. 무슨 때에나 만나서 용돈이나 주다가는 그저 덤덤한 의례적인 조손관계가 될 뿐이다.

나보다 앞서 떠나가는 사람은 또 얼마나 많을지, 그게 우리 노년들

---

* 농경시대 모양 한 곳에서 대대로 사는 게 아니라 수시로 세상 밖으로 흩어져 사는 사회현상을 말하는 사회학적 용어이며 영어로는 노마드 시대라고 함.

을 슬프게 한다. 그것은 100세 장수 시대라 해도 전 국민이 100세를 사는 게 아니기 때문이다. 행복한 100세를 살아 내야 하는 우리에게 행복의 제1 요건인 가족과 사람들이 줄어 갈 거라니, 슬픈 일이다. 그 옛날에 비해 가뜩이나 줄어든 친지들에다가 있던 사람들도 더러 더러 떠나 갈 거라니, 갑자기 오래 사는 게 과연 행복한 일일까 하는 맘이 드는 건 어쩔 수 없다.

우선 우리가 지금 할 수 있는 일이 있다. 화초를 가꾸고 키우듯이 내 앞에 남아 있는 사람들을 정성스레 가꾸고 키우는 일이다. 사람을 키우랬다 해서 새로 사람들을 찾아서 친해 보라는 얘기가 아니다. 또 그런다고 하루아침에 친해지지도 않는다. 내 옆에 있던 사람들부터 가꾸기, 그 중에 소원해져서 뜨악해진 사람들과의 관계회복을 꾀해 보는 거다.

재벌들이 돈을 많이 벌려 들고, 정치가들이 정치를 하는 것도 궁극적으로는 사람들을 모여들게 하는 거란다. 우리 노년들은 재벌도 정치가도 아니다. 하지만 맘 하나 잘 가지면, 우리 노년들도 적으나마 사람들 속에서 노년기를 보낼 수 있다.

세상에 하기 어려운 일이 많고 많지만, 그 중에 어려운 일이 남을 용서하는 일일 거다. 용서할 수 없는 사람을 용서하는 일일 것이다. 그런 용서가 얼마나 어려우면, 모든 종교에서 용서를 해야 한다고 거듭

177

해서 권하고 있나. 우리 모두는 "그 사람을 용서하노니…"하면서 용서할 수 없는 사람들을 내남직없이 마음속에 갖고 있다.

이 지점에서 누구나 깜빡하고 있는 사실 하나. 지금 내 목숨이란 게 옛날, 아니 불과 20, 30년 전만 해도 모두 죽었을 사람들이 살고 있다는 사실이다. 사람들의 사랑과 현대 의학 덕분에 살아 있게 된 목숨이다. 나만 해도 아마도 현대의학의 힘이 없었다면, 나는 69살쯤에 병사* 했을 사람이다.

그렇다. 지금의 나의 삶이란 덤으로 주어진 인생이다. 어차피 덤으로 얻은 인생, 스티브 잡스나 최인호** 작가 같은 위대한 일은 못 해내지만, 내 옆의 사람들 가꾸고 돌보기, 도저히 용서할 수 없을 사람 용서하고 화해하기 등등이 우리 노년들이 남은 생에서 할 일 아닐까.

나날이 테스토스테론이 줄어든 영감은 하루가 다르게 좁쌀영감이 되어 가고 있다. 먹을 거나 챙기는 영감은 바보스럽지만 어쩌나, 내 사람인데. 가리늦게 다 늙은 주제를 모르고 새로운 이성을 찾아 나서는 노인은 자칫 추해 보이기도 한다. 그래서 재혼한 내 친지가, "늙어서 한 재혼에서 가장 힘든 것은 여자들의 모욕스런 눈초리"라 고백하는 것을 들었다.

* 내 경우, 2003년에 초기 암을 발견해 수술과 항암치료를 받았다.
** 침샘암으로 20번도 넘게 항암치료를 받으면서도 1300매 전작소설을 써 낸 우리시대 소설가.

그러나 100세 시대를 살아내야 하는 노년들에게 필요한 것은 사람들이다. 이 귀한 사람을 찾아서 남이사 결혼을 한 번이고 두 번이고 한들, 심상한 맘으로 못 볼 게 뭐 있나. 21세기 100세 시대에, 20세기 70세 시대의 구식 잣대를 가지고 사람을 대한다는 건 말이 안 된다. 덤으로 얻은 목숨에다 대고 내가 매일이고 하고 있는 말이다.

공부하기 딱 좋은 때,
'제2의 청춘기'

구영한(邱永漢)이란 분이 있다. 성이 이상해 보이는 것은 대만인 아버지와 일본인 어머니 사이에서 태어났기 때문이다. 출생지는 대만이지만, 일본에서 공부하고 주로 일본에서 재테크 전문가로 활동한 분이다.

이 분이 10년 아니, 벌써 20년도 전에 재미있는 말을 했다. 사람의 일생을 일생이라고 하는 것은 반드시 옳은 표현이 아니라는 것이다. "정년으로 퇴직하면, 제2의 인생이 시작된다"고 말하는 것은 한평생 열심히 일해도 충분치 않으므로 두 평생으로 알고 열심히 더 일하라는 뜻일 거란다. 아니면, 한평생 열심히 일했으므로 두 번째 평생은 한가롭게 지낼까 하는 생각의 표현이라고 했다. 늙어가면서 사람은 두 가지 길로 나뉜다는 얘기가 되겠다.

한쪽은 한평생을 일했어도 부족하다. 그러니 늙은 후, 제2의 인생에서도 계속해서 일을 해야 한다는 쪽이다. 다른 한쪽은 평생 일을 열심히 일을 했다. 여유가 있다. 그러니 늙은 후의 제2의 인생에서는 한가롭게 지내도 된다. 그러니까 사람의 한평생을 일생이라고 하는 것은 잘못된 표현이라고 했다.

이 말을 들었을 때, 어수간한 얘기라고 생각했었다. 그리고 나처럼 열심히 잘 살지 못한 사람은 늙어서도 푹 쉬기보다는 지금 쓰고 있는 이런 글이라도 열심히 써야겠구나 하고 생각했었다. 그러나 웬 걸, 불과 20년도 안 돼서 사람의 수명은 가없이 길어졌다. 잘 살고 못 살고를 떠나서 인생 하나 가지고도 두 개의 인생, 세 개의 인생…마냥이고 여러 개의 인생을 살지 않을 수 없는 시대가 왔단다.

아무리 그렇기로서니, 베이비 부머 세대에게나 해당되는 말이지, 우리 같이 70을 훌쩍 넘어서 80줄에 들어 선 사람의 얘기는 아닐 거라고 하시는 분들이 계시리라 생각된다.

그런데 그게 아니다. 나이가 많고 적음이 아니라 목숨이 붙어 있다면, 비록 퇴화는 됐지만 심신이 온전한 노년들이라면 내남직없이 제2, 제3의 인생을 꾸릴 생각을 해야 한다. 안 그러고 멀건이 있다가는 단언컨대, 지루한 나머지 치매 걸리기 십상이다. 치매란 우리끼리 얘기지만, 암보다 더 잔인한 병이 아니던가.

자, 그럼 다 늙어서 뭘 하구 살아야 한단 말인가. 날 때부터 재주를 타고 난 사람은 그 재주를 가지고 할 게 있으리라. 문제는 나 같이 아무 재주도 없는 사람이다. 음식을 잘 하나(밑반찬을 해서 돌리는 친구도 있다. 나야 살림에 젬병이니까), 손재주가 있나(차고를 공방처럼 차려 놓고 자기가 좋아하는 나무를 가지고 이것저것 만드는 친구도 있다. 하긴 그 옛날, 폴 투르니에란 정신의학자도 취미가 목공이라고 했다.), 가무에 소질이 있나, (60대 말에 한국 무용을 배우기 시작하더니, 지금은 이곳저곳 초청 받아 공연 다니느라 바쁜 친구도 있다.) 끝도 없이 컴퓨터를 가지고 공부하는 친구도 있다. 이것도 저것에도 취미도 없고 할 게 없는 사람들의 막막함이라니….

며칠 전 고미숙 씨의 글에서 어렴풋이 늙어서 해야 할 일을 보았다. 이분 말에 의하면, 공개강좌에서 "나이가 많은데, 괜찮을까요?"란 문의를 종종 받는단다. 이런 질문은 뭘 말하는가. 세대 간의 심리적 장벽을 크게 느낀다는 뜻이란다.

"60~80 이후란 한편으로 자유롭고, 한편으로 재충전이 필요한 시기"란다. 그렇고 말고다. 그리고 "공부하기에 가장 좋은 때"란다. 이 지점에서 "글쎄~" 하는 분이 계실 거다. 내가 좀 해 본 경험에 의하면, 이해력은 젊었을 적보다 나아졌지만, 기억력이 문제였다. 한데 기억력은 반복, 복습 그리고 선행학습이란 걸 하면, 애들 못지않아지더란 사실이다. 이때의 공부는 자기 삶에 대한 탐구 곧 지혜를 의미한단다.

182

내 경우, 이런 인문학적인 공부와 더불어 여러 종류의 공연을 섭렵한다. 연극, 영화, 미술, 사진, 음악(공짜로 하는 곳도 있지만 돈이 좀 들긴 한다) 관람을 하고 다닌다. 덕분에 고미숙 박사가 말한 세대 간의 장벽이 없어진 듯하다. 거의 없어졌다. 구경 다니기는 아무 재주가 없어도 할 수 있는 일이고, 젊은이들을 향해 박수를 쳐 주는 것은 우리 문화 향상에 도움을 주는 거라는 제법 거창한 생각도 해 본다.

질 들뢰즈란 철학자는 "노년기란, 젊음이란 청춘으로 돌아가는 것이 아니라, 자기 세대에 맞는 청춘을 매번 새롭게 창조하는 것"이라고 했단다. 이 같은 창조적인 활동을 통해 '세대 콤플렉스'를 벗어나 젊은이들과 떳떳이 교감할 수 있는 '다른 노년의 탄생'을 기획해야 할 때라고 고미숙씨는 말했다.

그렇다. 이는 인류 역사상 최초로 100세 시대를 살아 갈 우리 세대가 기꺼이 져야 할 임무다.

지갑이 얇아도
즐기는 여유

"젊음은 좋고 늙음은 나쁜 것이다"라는 말은 진리에 가깝다. 늙으면 아프다. 수입은 줄어든다. 은퇴했으니 할 일은 없어졌다. 자연 사람으로 쓸모가 줄어 간다. 날이 갈수록 노인이란 위상은 별로가 된다. 자연 고독이 뒤따르기 마련이다. 이렇게 4가지 고통을 이야기 하는 게 보통 나이듦에 대한 시선이었다.

그러나 세상은 변했다. 이제 이 통설을 조금은 수정해야 하는 시대가 되었다. 물론 노인들은 아프기를 잘 한다. 하지만 이제 세상은 삶의 질을 높이는 보건의학 상식이 보편화되었다. 예방의학에 관한 정보가 매일같이 매스컴에 나온다. 이러한 계몽 덕에 죽을 때쯤이라면 모를까 요즘 노인들, 골골하기보다는 대체로 씩씩하다. 혈압이 높으면, 미리 약을 먹어 혈압을 잡아두는 식으로 미리미리 병의 증상들을 막아 둔다.

언젠가 함께 방송을 하던 윤방부 가정의학의 대가에게 여쭈어 봤다. 혈관에 좋지 않다는 동물성 지방 섭취에 대해서. 윤 박사는 시원스레 대답해 주었다. 먹고 싶은 대로 먹으란다. 일이 나도 3시간 안에만 병원에 오면 시원하게 뚫어 주시겠단다. 그리고 약보다 더 좋은 예방이 되는 운동들은 오죽이나 해대는가.

그 결과 늙었다고 모두 아프고, 늙었다고 모두가 지지리 가난뱅이가 아니게 되었다. 오늘날 우리나라가 선진국을 향해 갈 수 있도록 해낸 주역들이 바로 우리 노인들이다. 산업보국을 하면서 개인적으로도 단단히 재력을 유지한 노년층이 두텁다. 부자 시아버지 시어머니 앞에서 아첨 떠는 젊은 며느리들 모습이 TV 드라마의 단골 메뉴가 되다시피 했다. 여기까지 쓰다 보니, 부자 노인보다 훨씬 많을 노년들이 "어디 우리가 부자 노년이냐?" "노후대책이 뭔지도 모르고 살아온 우리네 딱한 사정도 모르느냐!"라 항의하는 것이 내 귀를 때리는 것 같다.

그렇다. 사실 아직도 많은 노인이 가난하다. 이 글을 쓰는 나 자신부터도 부자가 아니다. 그렇다고 알뜰살뜰 노후대책도 못해 놓은, 70대 노년이다. 적으나마 연금 하나 받지 못하는 사람이다. 그런데 이상하다. 나이와 더불어 배짱만 늘었는지 뻔뻔해졌는지, 이 나이를 먹고 보니 돈이 없는 것에 겁이 없어졌다.

젊어서 나는 이맘때 쯤(11월)이면, 늘 초조했다. 요때 정신을 안 차리고 있다가는 3남매를 그 겨울에 얼려 죽일 것 같았다. 나는 악착같이 기본으로 연탄 1000장(나는 80년대 초까지 한옥에서 살았다), 김장 70여 포기 담그고, 쌀 몇 가마니를 사 놓기 전까지 얼마나 불안해했는지. 거기다가 세 아이 독립문표 내복이며 공작 털실로 짠 아래 윗도리며 구제품집의 두툼한 돕파라도 장만해야 맘 편히 그 겨울을 맞았었다.

지금, 나이 잔뜩 먹은 지금은 어떤가. 까짓것 난방이 좀 안되더라도 견딜 만하다. 아래위로 쌓아 놓은 성냥갑 가운데 끼어 있는 것 같은 내 조그만 아파트는 겨울 내내 난방을 안 틀어도 살 만하다. 쌀벌레 키울 요량이 아니라면, 쌀 몇 가마라니! 아~ 나의 느긋함이여!

돈이 없던 젊은 시절에 나를 괴롭힌 것은 먹고 사는 형이하학적인 쪽 말고 보다 높은 데 있었다. 돈이 없음에 지레 자존심이 상해서 나는 정신을 차릴 수가 없었다. 예쁜 옷을 못 입는 것도, 남들 모양 남편이 잘 나가지 못하는 그것도 창피해서 나는 늘 주눅이 들어 있었다. 70이 지난 이즈음에는 누구나 모든 게 평준화 된다는 속말이 맞는 듯하다. 맞지만 맞지 않는 부분도 있다. 늙음과 더불어 성숙하지 못한 노인들은 지금도 젊은 날과는 또 다르게 앙앙불락하고 살고 있는 노인들이 있긴 있다.

각설하고, 노년은 얼마나 자유로운 시기인가. 그 움츠려 살던 이 고광애도 이제는 만천하에 가난했었다는 얘기를 할 수 있는 이 여유로

움은 어디서 왔단 말인가. 켜켜이 쌓인 이 많은 나이가 아니고서야 무엇이 나로 하여금 노년 예찬을 가능케 했겠는가.

그렇다. 내게 늙음은 무엇과도 바꿀 수 없는 '자유'를 주었다. 늙음이 자유와 더불어 '성숙' 혹은 '철남'을 내게 주었다.

젊었던 지난 긴 세월은 미성숙으로 점철되어 있었다. 돌이켜 보면, 지우개로 지워 버리고 싶은 일투성이었다. 하지만 60이나 지나서 철이 쬐끔 난 지금은 젊은 날보다 지우개로 지우고 싶은 시절이 적어진 것으로 봐서, 나는 노년을 행복한 시기로 치부해야겠다. 젊은 날의 치기(稚氣)를 치유해 주는 나이듦의 축복을 어이 거부할 수 있단 말인가.

재작년에 세상을 떠난 경영학의 대가인 피터 드러커도 자신이 행복했던 시기가 66세에서 86세였다고 고백했단다. 세계적인 대가가 나를 지지해 주는 것 같아 이 또한 행복하다.

기대수명은
넉넉히 잡아야

내 소꿉친구가 들려준 얘기다. 애네 아버지는 우리나라에서 양심적 기업가로 유명한 고 최태섭씨다. 이 분의 절친인 한 의사분이 일찍이 70이 넘자 일생 운영하던 번듯한 병원이며 모든 재산을 아들에게 물려주고 은퇴생활을 맘먹었단다. 내 것이 자식 것이고, 자식 것이 내 것이라고 치부되던 1960, 70년대쯤이었다. 70 이후를 그저 막연히 얼마 안 남은 목숨일거라고 가늠하셨던가 보다.

근데, 근데 말이다. 어느 날 며느리가 주는 용돈이 떨어져서 "애야, 용돈이 떨어졌다" 했더니 며느리 왈, "아니, 벌써 그 돈을 다 쓰셨어요?"란 짜증 섞인 응답이 돌아오더란다. 이 말을 듣고 분개한 최태섭씨는 다시는 자식놈에게 돈 얘기를 하지 말라면서 그 친구가 돌아가실 때까지 용돈을 댔었단다. 아름답고, 그러나 요즘 세태로 봐서는 꿈

같은 얘기다.

기대수명을 잘못 잡는 것이 어찌 내 친구 아버지의 친구뿐이랴. "30년 넘게 장수건강학을 연구했다는 나도 여든 나이에 내가 지금처럼 건강할 것이란 생각을 못했다." 정신과 전문의 이시형 씨의 말이다. 이처럼 사람들이 기대수명 예측이 틀릴 수밖에 없는 것은 수명이 해마다 하도 늘어 가서 사람들이 이를 따라잡을 수가 없어서 그렇다.

내 친구 아버지의 친구 모양, 그야말로 "떠날 때를 알고 떠나가는 뒷모습이 얼마나 아름다운가"(이형기) 운운해 가면서 일찌감치 물려줄 것 다 물려주고 떠나가려 했던 우리 윗세대들. 그러나 예상은 빗나갔다. 떠나가려니 했으나 떠나지지 못했다. 떠나지 못하고 남아서 겪었던 시행착오들! 우리 윗세대들뿐 아니라, 그 후로 쭉 지금도, 현재도 사람들은 기대수명 오측(誤測)들을 해대고 있다.

프랑스의 작가이자 저널리스트인 브누아트 그루가 "어림잡아 4년마다 평균 수명이 1년씩 늘어나고 있다"고 갈파한 것이 벌써 3, 4년 전인데, 요즘은 2년마다 1년씩 평균 수명이 늘어나고 있단다. 이처럼 빠르게 늘어가는 평균 수명을 사람들은 미처 실감하지 못해서 시행착오를 겪기 마련이다.

시행착오는 경제문제에서 뿐 아니라, 여기저기서 불거지고 있다. 내 친지 중 4남매는 홀로 된 어머니가 치매기까지 겹쳐 더는 홀로의 삶이 불가능해지자, '우리 어머니가?' 하며 놀라고 가엾어하다 의론 끝에 비용이 비싸도 케어가 잘 된다는 B요양원에 모셨다. 사실 4등분해서 내는 요양원비가 자식들에게는 처음부터 부담스러웠단다. 하지만 독신인 교수 딸이 강력히 우겼다. 과연 B요양원에서는 간병과 섭생을 잘해 드렸던지, 어머니는 심신이 전보다 훨~ 건강해졌다.

어머니의 건강이 좋아지는 것과 비례한다고 차마 말할 수는 없지만, 어쨌든 그간의 수 년 동안 자식들은 직장을 은퇴했고, 그리고 많이 늙어 버렸다. 특히 기둥처럼 든든했던 교수 딸은 자신의 암 발병으로 인한 투병생활에 지쳐가고 있었다.

어머니가 요양원에 들어간 초기만 해도 어머니가 감기 기운만 있대도 걱정과 근심에 차 요양원으로 달려가던 딸이 요즘은 어머니가 넘어져 다리를 다쳤대도 꿈쩍도 안 하게 되었다. 내 학설(?)에 의하면, 자식들 효심의 총량이 다해 가고 있나 보다. 이에 비해서, 어머니 수명의 총량은 다해 가기는커녕 끝이 안 보이고 있다!

이처럼 7, 80년대는 7, 80년대대로, 90년대는 90년대대로, 2000년대 들어와서는 2000년대대로 사람들이 생각하는 기대수명 예상이 번번이 빗나가고 있다. 거기다가 우리나라는 수명이 길어지는 속도가 세계 제일로 빠르지 않던가. 90이 어쩌고저쩌고 하더니 어느새 이제는 100세 수명을 당연시하게 됐다.

나만 해도 100세면 인간수명의 한계치가 아닐까 생각했었다. 하지만 어느새 학계나 미래학자들 예측은 125세 운운하고 있다. 설마 사람이, 인간이 125세를? 하지만 우리는 지금까지 수명예상을 번번이 뛰어넘지 않았던가. 사람의 생각이 수명이 늘어나는 그것에 미치지 못하고 있잖은가.

수명 예측이 빗나가다 보니 우리는 필연적인 죽음의 현실감을 일부러 안 느끼려 드는 걸까? 아니면 진짜 느끼지 못한 채 살고들 있는 걸까? 그저 막연히 "어떻게 되겠지…" 하는 한국인 특유의 낙천성 때문인지 모르겠다. 하지만 80년 가까이 지켜본 현실세계에서는 올 것은 기어이 오고 만다는 것이 진실이다.

우리는, 우리 세대는 제발 나와 너의 여생에 관한 평균 수명의 오측을 이제는 그만할 때가 되었다. 지금 같은 대명천지에 나와 너의 여생의 길이를 짧게 잡아 우왕좌왕하느니, 넉넉히 잡아 놓고 보는 게 수다. 그렇게 하는 것이 고단한 노후를 피하는 첩경일 테니까. 여생, 그야말로 남은 생을 넉넉히 잡아 단단히 각오하고서 살아 볼 채비를 하는 거다. 세상만사 남는 것은 문제없지만, 모자라는 것은 낭패이기가 쉽기 때문이다.

용돈 주기,
용돈 받기

　나를 비롯해 내 또래들은 언제부터인가 용돈을 주는 존재가 아니라, 용돈을 받는 존재로 전락(?)했다. 우리는 어린 것들을 만났다 하면, 용돈을 하사해 가며 살아왔다. 어느 글에선가도 얘기했지만, 큰언니 생신에 참석하고 오는데 조카들이 택시를 잡아주는가 하면, 부시럭부시럭 준비한 봉투를 내놓는 것 아닌가. 나 자신이 돈 많은 노인이 못 되어 당하는 현상이려니 생각하면서도 그 날 이후 나는 언니 생신잔치에서 은퇴했다.

　그런데 주위를 살펴보니, 그게 아니었다. 내 선배 내외를 보고 나이 탓이었다는 걸 알았다. 선배 내외는 재벌은 못 되지만, 작은 기업체를 소유하고 있었다. 내외분이 팔순 기념으로 미국에 가서 크루즈 여행을 하며 여기저기 흩어졌던 일가친척들을 만났을 정도였다. 한데 모였다 하면, 조카뻘 되는 젊은이들이 으레 봉투를 주더란다. 얼마 전까지 당신이 용돈을 집어 주던 터였는데 어느새 용돈을 받는 처지가 되어 있더란다. 그러니까 돈이 없어서 받는 게 아니라, 나이 먹었다고 주는 용돈인 거다.

여기까지는 동방예의지국다운 미담이다. 문제는 돈이 너무 많아서 혹은 돈이 아주 없어서 부모자식 간에 돈이 오가다 생기는 문제는 좀 정색을 하고 봐야겠다.

자식들이 부모에게 돈을 주는 경우:

요즘 유행하는 말로 소위 '노후자금'도 없이 덜커덕 노후를 맞이한 노년들 말이다. 이분들은 어찌할 것인가. 자식이 효성스럽고 형편이 넉넉해 부모에게 용돈은 물론 생활비까지 댄다면, 무슨 문제가 있으리오. 문제는 노부모도 자식도 다 같이 돈이 없을 때는 얼마나 난처하고 비참한가. 부모자식 간에 서로 가엾게 여기는 맘이 오간다면, 가난하지만 그래도 훈기가 도는 세상이다. 그렇지 못하고 노소 간에 짜증과 원망이 오간다면 이건 지옥의 축소판이 아닐까. 이럴 때야 말로 국가가 나서 복지정책을 펴야 하는 경우다.

부모가 자식에게 돈을 주는 경우:

우리나라도 산업사회를 거치면서 재력을 갖춘 부자 노인층이 제법 단단하게 자리하고 있다. 돈 많은 부모가 자식에게 부동산에, 동산에 한풀이 하듯이 원 없이 해 주고도 모자라서 시마다 때마다 돈을 하사하기도 한다.

또 다른 경우는 일주일에 한 번 반나절 우리 집 일을 도와주는 도우미 아줌마의 경우다. 50대 말인 이 아줌마는 파출부 일을 해서 번 돈을 자식에게 주기 바쁘다. 쉬지 않고 이 집 저 집 일을 하러 다니느라 자기가 번 돈을 쓸 틈도 없이 고스란히 자식들 주는 눈치다. 내가 충고하기를 아줌마가 번 돈은 당신 노후자금으로 쓰도록 하라 해도 막무가내다. 자식들에게 더 많이 못 주는 게 미안하단다.

부모 자식 공히 자립능력이 있는 경우:

부모도 자식도 다 같이 자립능력이 있어서 서로 주고받을 것 없이 잘 살아가고 있는 경우다. 잘 살아가고 있어 좋은데 뭔가 2% 부족하다. 아마도 서로 무슨 날에 선물 정도를 주고받긴 할 테지만.

나쁜 것은 의외로 돈이 많아서 자식에게 돈을 마냥 주는 경우다. 부모에게 부족함 없이 받는 자식들 대부분은 언제까지나 제구실을 못 하는 경우가 많기 때문이다. 의타심은 많고 의욕은 없는 자식들! 뭣에 쓸 건가? 자식에 대한 의무는 졸업과 결혼으로 끝나는 것 아닌가.

의외라고 생각들 하시겠지만, 최선의 경우는 부모가 여유 있는 자식으로부터 돈을 받는 경우이지 싶다. 부모에게 드릴 수 있을 만큼 여유 있게 된 자식! 아마도 사람 됨됨이도 됐을 터. 부모세대는 한발 물러서 있고, 자식이 잘 나가는 집안이 희망적이다. 부모에게 드릴 수 있어 보람과 긍지를 갖는 자식은 행복한 사람이다.

받는 부모는 어떨까. 늙으면 내남직없이 고집이 세고 자기 주장이 많아진다. 자식에게 돈을 받게 된 노인들은 기승 기승하기보다는 나긋나긋해지고 겸손한 노인이 되어 있을 터. 이 점도 나는 좋다. 자식은 별로고 부모만 기세등등해서 시마다 때마다 돈을 하사하는 경우보다 희망적이잖은가.

칭찬과 공짜에 홀려
깨춤 추다가는

친구가 그림을 배우러 다니기 시작했다. 선생이 어찌나 열심히 가르쳐 주는지, 요즘 애들 말본새로 감동 먹었단다. 5년만 일찍 시작했더라도 미술전에 나갈 수도 있겠다고 했단다. 나도 안다. 그 소리가 아주 헛소리가 아닌 것을. 왜냐하면 그 친구 아들도 만화가였으니 그 집안에 면면히 흐르고 있을 DNA를 어림해 보면 알 수 있잖은가. 어쨌거나 하루가 멀다 하고 무료하다느니, 우울하다느니 푸념을 해대던 친구가 요즘 신이 났다.

칭찬은 고래도 춤추게 한다던가? 사실 칭찬을 듣고서도 기분이 꿈쩍 안 할 사람은 없다. 더구나 아이들을 키울 때, 그러니까 소위 교육을 시킬 때 칭찬을 해 주면 효과 만점이다. 칭찬을 들은 애들은 눈에 띄게 기가 살아난다. 어디 애들뿐인가. 높은 자리에 앉으신 어른분도 칭찬을 해드리면 기분 좋아한다. 기분 좋은 나머지 어쩜, 한 자리쯤 마련해 주실 수도 있다. 아마도 그런 착각에 빠져 칭찬을 넘어 아첨까지 해대는 걸까. 멀쩡한 사람들이 말이다.

그럼 우리 나이 먹은 사람들에게 칭찬은? 칭찬은 축 처져 있던 노인을 일으켜 세울 수도 있는 직방 약효를 발휘한다. 하지만 세상 모든 좋은 약이란 것도 한쪽으로 양약이 되지만, 다른 한쪽으론 독이 된다. '칭찬'이란 양약도 잘 들어 두면, 교육도 잘 되고 노인네 기분도 북돋아 준다. 하지만 '칭찬'이란 약에 마냥 취해 거기에 빠져 있다가는 일생 잘 살아 오던 분이 말년을 망치는 독약도 되더라는 것이다.

1960년대만 해도 우리나라는 물론 서울에서도 외국인은 신기한 존재였다. 그런 시절에 나는 서촌 끝동네(요즘은 그 동네가 인기라니…)에 있는 한옥에 살았었다. 물론 화장실도 푸세식이었다.

도저히 서양 사람을 끌어 들일 수 없는 형편이었음에도 불구하고 남편은 걸핏하면, 외국인을 집으로 끌고 왔었다. 언론사에 다니던 남편은 세계를 무전여행 하던 젊은이들이 신문사에 들르면, 돈 없을 저들을 우리집에 데려오곤 했던 것이다. 이 젊은이들은 민망해하는 나는 아랑곳 하지 않고 푸세식 화장실에서 파이프로 똥을 빨아가는 자동차를 재미있게 보곤 했다.

지금은 51살이 된 아들놈이 돌도 안 됐을 때, 키가 큰 미국여자가 내 집에서 사흘인가 지냈다. 아직도 기억하는 에몬드라는 이 여자는 일본으로 돌아가서는, 고맙다면서 내 두 아들의 반바지와 남방을 독일 청년에게 들려 보내왔다. 자기 친구니 부탁한다면서.

외국손님 접대(이제 와 생각해 보면, 세상에 그런 엉터리 접대는 없을 거다)에 이골이 난 나는 독일 청년에게 잠자리와 식사를 제공했었다. 이 청년이 한국의 시장을 보고 싶다 해서 나는 동대문시장 가는 길을 열심히 가르쳐 내보냈다. 그랬는데 그가 다 늦게 분해 죽겠다는 얼굴을 하고 돌아 왔다.

사연인즉슨, 시장에서 카메라를 들고 있으니 몇 사람이 다가와서 카메라 칭찬을 늘어놓더란다. 이렇게 좋은 카메라는 아마 한국에는 없을 거라면서 자기들에게 팔라고 하더란다. 돈은 얼마든지 내겠다면서. 칭찬에 취하고 과분한 이익에 혹해서 그만 여행의 필수품인 카메라를 비싼 값을 받고 팔았단다. 내 기억에 카메라 값의 몇 배를 받고서. 두둑해진 돈을 들고 싼 카메라를 사려고 카메라점에 갔더니, 아뿔싸! 한 보따리 받은 돈이 맨 위만 진짜 돈이고 그 밑은 그만….

미안해 어쩔 줄 몰라 하는 내게 에몬드는 위로편지를 보내 왔다. 한국의 사기꾼들보다 독일 청년이 먼저 사기를 친 거란다. 고로 사기를 당한 것은 사필귀정이고 내가 미안해 할 일이 아니란다. 에몬드 왈, "발터(독일청년)는 첫째 자기 싸구려 카메라를 비싼 카메라인 척 먼저 사기를 쳤고, 둘째 카메라 값을 터무니없이 비싸게 판 사기꾼 심보를 드러낸 것이므로 발터에게 미안해하지 말라"면서 나를 위로해 주었다.

무릇 아무리 교묘한 사기꾼이라도 내 쪽에서 과도한 이익이나 공짜를 바라지 않으면 사기를 당하지 않는다. 공짜를 철저히 배격하고 보면, 사기는 맥을 못 춘다. 칭찬도 그렇다. 과도한 칭찬은 진실이 아니다. 과장된 것이니 이 또한 사기의 전 단계가 아니고 무엇이겠나.

또 하나, 내가 받은 상담 실례 하나. 웬 청년이 경로당에 찾아와 할머니들에게 동회(지금은 주민센터)에서 노인들에게 금반지를 준다고 하니 어서 동회에 가시라고 말했다. 할머니들이 급하게 동회로 가려고 하자 청년 왈 "끼고 있는 금반지는 두고 가셔야지, 금반지 낀 할머니에게 다시 금반지는 안 줄 것"이라며 자기에게 맡기더란다. 물론 이 할머니들, 금반지는 못 받고 멀쩡하게 끼고 있던 당신들 금반지만 날려 버렸던 것이다.

독일 청년이 분에 넘치는 칭찬에 들떠서 비싼 값을 받고 싸구려 카메라를 팔아 넘긴 일이나 공짜 금반지를 받으려고 뛰어간 노인들이나 어찌 그리 닮은꼴일까. 더 나아가서 일생 알뜰살뜰 모은 노후 재산을 공연히 조금 더 부풀려 보려다가 노년을 망치거나, 젊었다는 칭찬에 망신살이 뻗치는 노년 명사를 보면….

그저 과도한 칭찬과 과도한 이익 혹은 공짜, 이 두 가지에만 초연해도 그런대로 노후를 평안히 지낼 수 있지 않을까. 칭찬과 공짜가 마냥 좋은 일만은 아니라는 생각에서 하는 말이다.

탈 없이, 아름답게
유산 남기기

　신년 꼭두새벽에 걸려온 전화는 다 늙은 나를 놀라 자빠뜨릴 뻔했다. 동창친구 거처할 셋방마련 모금에 동참하라는 전화였다. 시쳇말로 잘 나가던 남편과 해로했던 친구였다. 일생을 거의 알토란같은 자리에 있던 남편을 둔 소위 '팔자 좋은' 아니, 좋았던 친구였다. 남편이 개미처럼 벌어오는 돈을 규모 있고 알뜰히 챙겨 오던 친구였다. 알짜부자인 친구가 말년에 와서 거처할 방이 없다니….

　사연인즉 잘 나가던 아들의 사업 뒷바라지를 그야말로 정신없이 해 오다가 어느 날 하루아침에 거리에 나앉게 됐다는 것이었다. 항차 돈은 무엇이고 자식이란 무엇이관대 다 늙어서 이런 일을 당해야 하는 걸까? 돈 벌기는 어렵다. 하지만 번 돈을 지키는 건 더 어렵다. 번 돈을 가지고 잘 쓰고 즐길 줄 아는 건 가장 어렵더라는 얘기가 실감이 났다.

201

노년들이란 가진 돈을 써야 할 시점에 와 있는 사람들이다. 어렵게 번 돈을, 안 쓰고 아껴 오던 그 돈을 이제는 풀어야 할 시점에 와 있는 사람들이다. 혹여 풀지 않고 쓰지 않은 채, 그대로 두고 저 세상으로 갔다가는 난리가 날 것이 불을 보듯 뻔하다. 내 자식들은 그럴 리가 없거니 하는 생각은 착각이다. 모름지기 내 것이 될 몫이, 남의 몫 특히 형제의 몫으로 넘어 간 걸 그대로 보고 있을 도덕군자는 없다. 나 죽은 후의 자리가 깨끗하고, 특히 자식 간에 분란을 없애자면 살아생전에 유산을 분명하고 세세하게 분배해 놔야 한다.

나 쓸 것 다 쓰고 살다가 남은 것을 나 죽은 후에나 물려준다? 그건 아니라고 생각한다. 새로 삶을 꾸려 갈 젊은이가 필요로 할 때, 주는 것이 좋다. 효과 면에서 그렇다. 안 그러고 돈을 쥐고 앉아서 돈 있다는 유세를 떨어 가면서 시마다 때마다 조금씩 던져 주는 식은 자식들의 반발심만 일으키기 십상이다. 더 해서 죽은 후에 받는 유산은 당연한 수순으로 알 뿐, 고마움도 모른다. 고마움을 알라 해서라기보다 거저 생긴 돈, 귀한 줄을 모르는 게 문제다.

그럼 얼마만큼을 유산으로 주고 얼마만큼을 나를 위하여 남겨야 하나. 가량없이 목숨이 길어진 세상이 되었다. 옛날식으로 기대 여명을 한 10년으로 잡았다가는 큰 코 다치는 상황이 올 거다. 내남직없이 장수시대에 살게 되었으니 말이다.

100세 장수할 것에 맞춰야 한다. 그렇다고 장수할 것에 매달려서 먹을 것도 못 먹고 못 쓰고 못 즐기는 것도 어리석다. 비상금 하고, '주고 남은 돈÷기대여명÷12개월=한 달 씀씀이'로 정해 놓고 그 한도 내에서 쓰고 살면 된다. 강조하건대, "무덤에 묻힐 때까지 나 쓸 돈을 갖고 있어야 한다" "내 돈이 자식 돈이고 자식 돈이 내 돈은 아니다"란 두 가지 철칙을 잊지 말아야 한다.

요즘 법으로는 아들 딸 구별 없이 똑같이 배분해 갖는다. 남녀 평등주의 원칙에는 맞다. 하나 내 보기에 여기에도 맹점은 있다. 늙은 부모에게 안부 전화 한 통 없이 외국서 살던 딸이 유산상속 때나 나타나서 딸의 몫인 n분의 1을 찾아 가는 경우 말이다. 그동안 부모 봉양하던 아들 며느리에게 집안 대소사는 여전히 나 몰라라 남겨주고 제 몫만 찾아가는 딸들은, 나도 같은 여자지만 뻔뻔해 보인다. 역으로 지극정성 늙은 부모 뒷바라지만 하던 딸을 제쳐두고 아들 몫이라고 n분의 1을 가져가는 아들도 양심 없어 보이기는 마찬가지.

그래서 외국에는 '인센티브 상속'이라는 게 유행이란다. 간단히 말해서 인생에서 무임승차를 막는 장치다. 이를테면 자기 일에 성공을 했거나 사회에 공헌을 하면 유산을 더 받을 수 있게 해 준다. 반대로 마약이나 알콜 중독 혹은 사교(邪敎)에 빠지는 등의 잘못된 삶을 사는 자손에게는 유산을 덜 주도록 하는 거다. 호주에서는 아예 "너에게 줄 재산이 없다"라는 정신을 어려서부터 자식에게 심어 준단다. 내 재산은 내 노후를 위해서 있는 것이라는 생각에서란다. 노후를 여유롭게 지내는 동시에 자식들에게는 독립심을 배양시켜 주는 효과가 있단다.

우리나라에서도 '유산 남기지 않기 운동'이란 것이 있다. 2007년에 280여 명의 회원이 있었다. 내용은 가족에게 줄 적정 상속분을 뺀 재산 약 70%를 사회에 환원하겠다고 미리 유서를 쓰는 식이다. 외국 부자들은 재산을 사회에 환원하는 경우가 많다. 상속세를 요리조리 피해가면서 오로지 자기 자식들에게 한 푼이라도 더 남기려는 우리네 부자들과 대조되는 지점이다. "자손에게 옥답을 남기지 말라"는 옛 어른의 말을 상기해 보라고 하고 싶다. 노력 없이 생긴 돈이 자식을 오염시켜 해이해진 인생을 살게 될까 하는 염려에서다.

돈이란 버는 것만으로는 '반제품'이고, 제대로 쓰고 유산상속을 제대로 해야만 '완제품'이 된다고 한다. 돈을 멋지게 쓸 수 있는 사람이 돈을 남기는 방법에도 능하다고 한다. 이제 우리네도 발상의 전환을 할 때가 아닐까. 내 재산을 반드시 내 자식들에게만 몽땅 물려줘야 하는 것이 아니라는 쪽으로.

5

깔끔한 마무리를
위하여

떠나는 순간까지
성숙을 향해

난 일찍이 나이 먹어서는 부지런히 포기할 것 포기하고, 물러날 때 물러나는 시쳇말로 쿨한 노년기를 맞자고 다짐 다짐했었다. 오죽하면, '늙음=포기'라는 주제로 책을 다 냈을까.

그러던 내가 시마다 때마다 내 늙음을 깨닫고 포기하고 물러나느라 숨이 차다. 50 중반쯤 이제 이만큼 뒤로 물러나면 됐겠지 했는데, 바로 그 다음 물러나고 포기해야 하는 일이 꼬리에 꼬리를 물고 있다. 여기서도 얘기했지만, 행사에도 자식들 모임에도 가려서 참석을 하잖았던가.

요즘 내가 맞닥뜨리는 단어가 '정정하다'라는 형용사다. '정정하다'라는 형용사는 나하고는 상관없는 단어려니 하고 막연히 인식하고 있었나 보다. 그런 형용사는 나와는 뚝 떨어진 어떤 노인에게나 쓰는 단어이거니 했었나 보다. 근데 이달 들어 젊은이를 새로 만날 일이 두 번 있었다. 그런데 처음 만나는 이 젊은이들이 만나자 내게 건네는 말, "아이구, 참 정정하시네요." 처음 만나는 젊은이를 내가 왜 만났겠나. 저희들과 '할 일' 때문에 만났다. 그런데 같이 일할 늙은이더러 정정하다구? 더불어 일할 상대가 정정하다는 말 말고는 달리 할 말이 없단 말인가?

나는 어려서는 "예쁘다", 커서는 "아름답다" 소리를 듣고 살아 왔다. 사실 누군들 어리고 젊었을 적에 예쁘고 아름답지 않은 사람이 있을까마는 이건 진짜다. 난 요즘 젊은이들을 보면, 한결같이 예쁘고 싱싱해서 저들을 볼 때마다 내 기분이 고양되곤 한다. 하긴 경기도에 사는 은퇴한 내 교수친구는 일부러 교보문고를 들르곤 한다. 일없이 거기에는 왜 가느냐는 내 물음에 젊음의 기(氣)를 받으려고 간단다.

각설하고, "이쁘다" "아름답다"에서 50이 지나고 60을 넘어가면서 듣는 말은 "고우시다"이다. 그리고 여기에 꼭 부연해서 하는 말인즉슨 "젊어서는 참 예쁘셨겠네요"다. 그럼, 지금은? 곱다는 소리를 듣기까지 난 늙어 가면서도 쉬운 말로 모양을 좀 내려 노력하는 편이다. 화장도 옷차림도 젊었을 적보다 엄청 정성을 들이고 공을 들인 덕분에 듣는 소리려니 했다. 그런데, 이런 정성도 시효가 다 됐나 보다. 그러기에 만나는 젊은이들 마다 약속이나 한 듯이 "정정하다"고 하니, 원~.

208

생각해 보면, '정정하다'는 형용사를 듣던 그때가 행복했구나 할 때가 앞으로 다가올 것은 명약관화하다. "에이구, 아직 숨을 쉬시네~"라는 소리를 들을 날도 분명 있을 터이니.

그리고 보면, 쬐끔 공부하고 쬐끔 노년을 관찰하고 경험하고서는 늙음을 다 안다고 혼자 날치던 내 자신이 딱하다. 줄지어 오는 인생 고비 고비마다 거기에 맞춰 변화하고 적응하는 것이 노년을 잘 보내는 비결이라고 했던 폴 투르니에(스위스의 정신의학자)의 말이 생각난다.

그렇다. 늙음은 포기라고 주장하는 내가 대체 어디까지, 그리고 언제까지 포기하고 받아들이고 물러나야 할까. 아니, 포기란 걸 제대로 하고나 있나? 인간의 존재이유는 성숙하는 데 있다고 한다. 그 성숙은 죽는 그 순간까지 연속해 일어날 텐데, 그깟 "정정하다" 소리 듣고 호들갑을 떠는 내 속내는 뭐란 말인가. 포기, 포기 하면서 아직도 젊음을 채 포기하지 못한 채 아등바등하는 꼴이 아닌가.

이런 모습으로는 성숙을 향한 먼먼 길이 내 앞에 가로막히게 될 것 같은 예감이 든다. 아무쪼록 젊은이들 말대로 정정해져서 원숙한 성숙의 길을 가야 하는데….

정정하지 않고는 아무것도 못 한다. 인생 끝 즉 죽는 순간까지 성숙을 향해 가야, 요즘 유행하는 웰 다잉도 이루어낼 수 있기에 나온 소리다.

즐길 수 있는 시간이
길지 않다

유난히 길고 지루했던 올 여름 끝머리에 바닷가로 여행을 갔다 왔다. 친구 하나가 수년 간 그야말로 암과 사투를 벌인 끝에 살아났다. 이 친구가 몸이 낫자 동아리 친구인 우리들을 부추기고 나섰다. "우리 어디 좀 가자, 가자" 하면서.

친구 여섯은 친구 말대로 가까운 어디로 떠나기로 했다. 마침 동해 바닷가 바로 옆에 있는 집을 빌릴 수 있었다. 한데 늙음이란 예측 불가한 존재라더니 친구 하나가 여행을 앞두고 넘어져 팔이 부러졌다. 팔 부러진 난 괜찮으니, 제발 큰 병을 이기고 온 친구를 위해 모처럼 계획 대로 떠나라고 했다.

여행 떠나기 며칠간, 친구 하나는 걱정이 태산이었다. 바닷바람에 기관지가 나빠지면 어쩌나? 그러게 "따뜻한 목도리와 윗도리는 기본이다!" 또 다른 걱정이 꼬리를 물고 나왔다. "시골에서 부정맥이 탈나면…" "30분 내로 갈 수 있는 큰 병원이 있다" 아~ 과연 늙은이는 걱정도 팔자라더니….

드디어 탈도 많고 걱정도 많던 여행을 떠나는 그 아침, 새벽에 전화가 왔다. 불길한 기분이 들면서 전화를 받았다. 이 여행을 가자고 부추겼던 친구의 전화였다. 어제 밤부터 열이 38도가 넘어가면서 안 아픈 데가 없이 아파서 지금 병원에 입원해 있단다. 이 여름에 유행했다는 뭐라나 하는 독감에 걸렸다나. 절로 한숨이 푹 나왔다.

나는 소풍 앞둔 유치원생처럼 좋아하던 친구가 안쓰러워 죽겠다. "제발 병만 나아라, 낫기만 하면, 여행? 그거 다시 한 번 꾸밀 테니, 넌 그저 병만 낫도록…."

일본 속담에 "내일 일을 얘기하면 귀신이 웃는다"지만 그랬다. 노인들이 모처럼 내일을 좀 기약했기로서니, 어찌 이리 마가 낀단 말이냐. "에이, 이제라도 가면 됐지, 웬 걱정?" 아닌 게 아니라, 걱정도 팔자이긴 한가 보다. 여섯 친구가 가기로 계획했던 여행은 결국 넷이서만 가게 되었다.

새벽 바다와, 바다에 맞닿아 하늘인지 바다인지 알 수 없는 거기서 떠오르는 태양을 따라 변화무쌍한 빛의 잔치를 보자니, 모네(불란서 인상주의 화가로 빛의 변화를 좇아 그림을 그렸다)는 저리 가라다. 신의 위대함

211

에 감탄의 소리가 절로 나온다. 바닷가 소나무 숲을 거니노라니, 기관지를 걱정하던 친구 왈, 가래도 없어지고 부정맥도 간 곳이 없어졌다나. 밤바다에서 보라색 파도가 밀려오는가 하면, 주황색 파도, 파랑색 파도, 분홍색 파도가 차례로 밀려왔다 가고 있었다. 가로등 불빛을 받아서다. 같이 간 시인 친구는 즉석에서 시를 3편이나 읊어댔다.

내일을 기약할 수 없는 게 우리 노년인가 보다. 이 짧고도 간편한 여행길에 난 사고들. 그리고 보니 오늘을, 그리고 지금을 즐길 수 있는 시간은 얼마나 되려나? 과연 불확실성투성이다.

스티븐 호킹은 21살까지는 그저 똑똑한 그만그만한 청년이었단다. 하지만 21살에 루게릭병으로 목숨이 1~2년밖에 안 남았다는 진단을 받은 후, 그의 삶은 하루하루 아니, 1분 1분(그는 실제로 1분에 3개 단어만 말할 수 있었다)을 삶의 마지막 순간처럼 살았다. 50년을 그리 살면서 그는 빅뱅 연구를 했고 '호킹 복사'라는 걸 예측해 냈다.

당치 않게시리 웬 스티븐 호킹 이야기냐고요? 삶이 1,2년밖에 안 남았다는 스티븐 호킹이나 죽음을 코앞에 둔 채, 생명의 유한함이 절실해진 우리 노년이나 삶의 조건이 닮지 않았는가. 젊어서 흘려보냈던 자연, 특히 꽃들 그것도 들꽃 풀꽃들에까지 꽂혀 있는 나의 현실은 생명의 유한함에 에워싸여 가지고설랑 생겨난 현상 아닐까.

"죽음의 가능성에 직면한 사람은 삶의 소중함과 자신이 하고 싶은 일이 많음을 깨닫기 마련"(《나, 스티븐 호킹의 역사》)이란다. 호킹처럼 위대한 연구를 하겠다는 건 아니지만, 들꽃 풀꽃의 예쁨까지도 새삼스레 향유하려 드는 나는 뭐란 말인가. 얼마 안 남았을 삶의 유한함 때문에 남은 하루, 아니 지금의 하루가 보석처럼 다가온다. 남은 시간이 길지 않을수록 하루하루를 알차게 더 보고, 더 즐기고, 더 많이 느끼며 사는 것이 마땅하지 않은가.

유행어처럼 되어버린 "카르페 디엠(Carpe Diem · 현재를 즐겨라)"이 새삼 절실하게 다가온다.

바로 지금,
여기를 즐기자

올 가을 겨울을 나는 '죽음의 바다'에서 허우적거리느라 힘이 들었다. '죽음의 바다'란, 내 말이 아니라 뉴욕의 지성이라고 하는 수전 손택의 아들인 데이비드 리프 기자가 자기 어머니가 죽기 전후의 얘기를 써 낸 책《어머니의 죽음 – 수전 손택*의 마지막 순간들》에서 따온 말이다.

나는 60년 친구의 죽음 전후를 지켜보고, 엄마 다음으로 나를 챙겨주던 이모의 발병(돌아가시지는 않았다) 등등을 지켜보느라 힘들었다. 거기 보태서 실제로 나는 '죽음의 바다'에 빠져 낑낑댔다.

나는 수년 전부터 죽음에 관한 책을 써 보라는 권유를 받아오던 터였다. 멀쩡히 살아서 사는 얘기도 모르는 것투성이인데, 항차 죽는 것을 주제로 글로 쓴다는 일에 좀처럼 엄두가 나지 않았다. 벼르기를 몇

214

년, 나는 올 1월에 덜컥 계약금을 받고 서류에 사인을 했다. 그래서 지난 겨울 봄 여름을 죽음과 씨름하느라 보냈다.

그 글쓰기가 지지부진 했던 것은 나의 게으름 탓이다. 그럼에도 불구하고 변명거리는 있었다. 그것은 실제로 모니터를 마주한 지 2시간이 못 되어 내 눈, 그러니까 나의 시야는 뿌예지고 머릿속은 멍해졌기 때문이다.

어쨌거나 지난 여름 끝날 때쯤부터 내 주위에서 두 사람이 죽어가고 있었다. 곁들여 나의 글은 본격적으로 죽음 얘기에 푹 빠져 있었다. 나는 자나 깨나 죽음, 그것도 나의 죽음에 관한 생각에 잠겨 있었다.

그러다 보니, 세상에 낙천주의자 소리를 들어오던 내가 나도 모르게 우울 모드로 들어서고 있었다. 흔히 저 위대한 철학자 키에르케고르 선생이 죽음의 공식처럼 말씀해 오던 '걱정 → 우울 → 절망 → 죽음'이라는 코스에서 두 번째 단계쯤인 우울단계에 들어 선 눈치였다.

내 맘이, 내 정서가 우울한 것은 그러려니 하겠건만 그게 거기서 끝나지 않았다. 나의 몸이 덜컥 나의 맘을 따라왔다. 건강하던 내 몸이 아는 병, 모르는 병 두루뭉수리로 앓게 되었다. 지금 내가 앓고 있는

＊ 수전 손택은 소설가 예술평론가 연출가 등으로 활약하여 '뉴욕 지성계의 여왕'이란 칭호를 듣던 분이다. 그런 그가 3번째 암 발병 후 세상을 뜨기 전 9개월간 지켜본 이야기를 아들 데이비드 리프가 쓴 책임. 한국어판 제목은《어머니의 죽음》이지만, 원제는 '죽음의 바다에서 헤엄치기'이다.

병은 약으로 나을 병이 아님을 깨달았다. '우울'모드에서 '절망'모드로 넘어가기 전에 나는 하루빨리 여기서 벗어나야 하겠다. '절망'모드로 빠져 들기 전에 먼저 여기서 탈출해야만 아픈 것에서도 빠져나올 수 있으리라.

연기에 몰입하는 배우는 그 역할에 푹 빠져 지낸단다. 하녀 역을 하면, 일상에서도 하녀처럼 처신하더란다. 엊그제 배우 박신양이 TV에서 한 얘기다. 대학 연극학과에서는 학생들이 어떤 역을 맡은 뒤 극이 끝났는데도 빨리 그 역할에서 빠져 나오지를 못하면, 매를 그것도 많이 때려서 정신을 차리게 한단다.

나도 매를 맞을 지경까지 '죽음의 바다'에서 허우적거릴 수는 없다. 스스로 탈출해야 하겠다. 때가 되어서 죽을 때 죽어야겠다. 어쭙잖게 죽음을 공부(?)하다가 그 역할에서 벗어나지 못하고 죽어 갈 수는 없잖은가. 그래서 심신이 쇠약해진 노인들은 좋은 것만 봐야 한다. 좋은 음식을 먹어야 한다. 좋은 얘기만 들어야 한다. 나는 왜 이런 소리가 나왔는지를 내 맘과 내 몸을 통해서 알게 됐다.

이 글을 읽으실 노년분들께 진부한 얘기 같지만, 시간을 아껴 세상을 즐겨야 한다는 말씀을 드리고 싶다. 랜디 포시란 교수는 죽음이 임박했을 때, 마트에서 잘못 계산된 돈을 찾으러 가는 그 몇 분이 아까워서 거스름돈을 포기하고 애들 셋과 부인하고 지내는 몇 분의 시간을 더 즐겼다고 한다.

　자잘한 시빗거리나 주식시세 오르내림에 가슴 졸이는 그 시간에 나는, 우리 노년들 모두는 "즐기시라"고 말씀을 드리고 싶다.

피할 수 없는
'슬픈 줄서기'

예전부터 나는 줄서기를 싫어했다. 지금도 줄서기를 싫어한다. 줄을 서지 않아 불이익이 오는 경우 나는 주저 없이 불이익 쪽에 줄을 선다. 불이익이 되는 쪽은 물론 줄을 설 필요가 없다. 이익이 없으므로 줄을 설 사람이 없다.

어렸을 적, 초등학교 운동장에서 하는 줄넘기도 나는 안 했다. 두 사람이 줄넘기 줄을 돌리면, 우리는 차례로 줄을 서 있다 때맞춰 줄넘기를 한 번 뛰고 나오는 놀이다. "구마야, 구마야" 하는 동요를 불러대면서. 나는 내 차례가 올 때까지 줄서서 기다리기 싫어서 딴청을 하다가 번번이 차례를 놓치곤 했다. 당연히 우리 편 아이들에게서 지청구를 맞고 나서는 그 놀이를 안 했다. 할 수 없이 있으나마나 한 '깍두기'(요즘 애들도 이런 용어를 쓰는지 모르겠다)란 이름으로 그저 어느 한편에 겨우 편입되었던 기억이 있다.

우리 주부들은 무슨 싼 물건을 판다고 곧잘 줄들을 선다. 물론 나는 그런 물건 사는 데 낀 적이 없다. 따라서 알뜰주부하고는 거리가 먼 여자였다. 한때 나는 서울 외곽에 살다가 진저리를 치고, 서울 그것도 4대문 안으로 이사를 왔다. 집이 좁건 말건 상관없었다. 서울 외곽에 살다 보니, 이른바 직행버스란 것이 있어 편리하기 이를 데 없었다. 하지만 나로서는 치명적인 단점이 있었으니, 그것은 직행버스를 타기 위해서는 줄을 서야 했던 것이었다.

그러자니 악몽 같은 경험도 겪었다. 아주 늙어버린 어머니(아마 그때 어머니 나이가 지금의 내 나이였을까?)가 키는 꺼벙하니 크기만 한 딸이 서 있는 게 안쓰러웠는지, 어느새 줄 앞으로 가서 비굴한 웃음을 띤 채 젊은이에게 하소연 겸 협상을 하는 것이었다. 순서를 양보 받았는지 어머니가 의기양양해서 나에게 "얘야, 앞으로…" 어쩌고 하는데, 그 순간 엄마를 흠씬 때려 주고 싶었다.

줄을 서다 보니까 우리 어머니뿐 아니라, 노인네들이 슬그머니 끼어들기도 하고, 어떤 남성 노인은 강압적인 태도를 보이며 앞자리를 내놓으라고 했다. 피곤해 보이는 학생이나 직장인들은 아무도 입을 떼지 않았다. 하지만, 이건 "아니올시다" 싶었다. 아마도 그때 일이 내가 노년에 관해, 노년이 처신해야 할 것들에 대해 글로 쓰게 된 계기가

219

되었던 것 같다.

그 싫어하던 줄서기를, 그것도 나이 먹을 대로 먹은 지금, 서지 않으면 안 되는 처지가 되었다. 피하려야 피할 길 없는 '줄서기'다. 그것은 내가 죽을 차례를 기다리는, 그 하염없는 줄에 나 역시 서 있어야 하는 처지 말이다. 사람들이 그것도 수십 년을 함께 했던 '나의 사람'들이 마치 "내 차례다" 하는 듯이 앞서거니 뒤서거니 가 버리고들 있었다. 어느 날, 주위를 돌아보니 한 세트처럼 다니던 친구들이 몽땅 가 버렸다. 언니도, 동생도 다 가 버렸다. 내 항렬에서 오직 남은 사람은 나와 다섯 살 많은 언니 두 사람만 남았다. 물론 내 윗세대는 다 가 버렸다.

내 차례는 언제인가? 오늘일까, 내일일까? 내년인가, 후년인가? 줄서기 중에도 참으로 고약한 줄서기다. 일생 잘도 피해 오던 줄서기를 지금 나는 꼼짝없이, 그것도 하염없이 서 있지 않으면 안 되는 이 지루한 그리고 슬픈(?) 줄서기를 해야 할 처지다.

본능적인 보호본능의 발로였던가? 나는 일찍이 그러니까 20년도 넘게 소위 죽음 공부를 해 왔다. 이제는 이것들을 현실에서 써먹을 시기가 왔다. 자꾸 미적거리려는 게으름을 떨쳐 버리고 그동안 배우고 연마했던 그것들을 꺼내 놓고 써먹어 봐야 하는 시기가 온 것이다.

우선 요즘 유행어처럼 돼 버린 "메멘토 모리(MEMENTO MORI·죽음을 기억하라)"를 생각한다. 지금까지 그냥 피상적으로 알던 지식으로서가 아니라, 죽음을 그것도 나의 죽음을 끄집어내어 체감하고 육화(肉化)하는 습관을 들였다.

그러고 나니까, 모든 게 너무 당연해서 눈길 한 번 안 주던 이 세상 모든 것들이 감사하고 신기하고 아름다워졌다. 요즘은 아침에 일어나는 그 당연한 것도 고마워하게 됐다. 아침에 눈떠서 하루를 온전한 몸으로 시작하는 그 당연한 것을 고마워하다 보니, 아~ 모든 게 감사해졌다. 특별히 어김없이 제 할 일들을 때맞춰 하는 자연의 위대함에 전율하고 있는 나, 이게 소위 철들기의 시초인가 보다.

일찍이 시몬느 보부아르는 죽음을 괴로운 것의 부재라고 했다. 지금까지는 타인의 부재를 두고 왈가왈부했었다. 지금은 나의 부재를 응시할 때다. 그러고 보니, 부재란 진짜 없어지는 것이 아니라 지나간 흔적이다. 그러니까 부재란 또 하나의 존재인 것이다.

요즘은 내 부재가 지나가고 남아 있을 흔적들을 다듬느라 바쁘다. 요즘 나는 "늘 바쁘다!" 라는 말을 입에 달고 산다. 남들이 그 나이에 뭐가 그리 바쁜가 하고 의아해 하건 말건 나는 바쁘다, 바빠!

"나 죽거들랑" 이후는
없지만

한때 건강하게 잘 살자는 '웰빙'이 유행이었다. 이제는 잘 죽자는 '웰 다잉'이 시대의 화두 같다. 예전에는 나이 많은 분 앞에서 죽음을 거론하는 것조차 금기로 여겼다. 하지만, 요즘은 '웰빙'에다가 '웰 다잉'을 추구하는 세태이니, 지금부터 나 죽는 얘기를 좀 한들 크게 흉될 일은 아니라고 생각한다.

내 평소 소신은 "나 죽거들랑" 그 후는 없다는 것이다. 나 죽으면, 생명이 없어진 내 몸뚱이도, 내 가진 무엇 하나도 내 맘대로 할 수가 없을 거다. 나는 없고, 내 모든 것은 산 사람들의 몫이 될 텐데, "나 죽거들랑"이라 할 게 있겠나.

1990년대 유명 정치인이 갑자기 쓰러져서 뇌의 4분의 3이 망가졌던 일이 있었다. 하지만 현대 의학은 그분의 목숨을 살려 놓았다. 엊그

222

제 TV서 잠깐 보았다. 마치 죽었다가 돌아온 사람처럼 여러 사람 속에서 멍하니 있는 그분을 봤다. 그 뉴스를 보면서 큰아들이 우리 내외에게 물었다. "어머니 아버지는 저런 경우에 어떻게 하실 거냐?"고. 나와 남편은 이구동성으로 "저런 경우에 수술은 절대 사양"이라 했다.

"나 죽거들랑"으로 내 맘대로 할 수 없는 것이 또 있다. 장례 말이다. 나 죽거들랑 남은 내 시체 처리는 전적으로 남아있는 사람들의 몫이다. 죽은 당사자 사정을 챙길 리가 없을 거다. 우선은 남은 사람들, 주로 자식들이 저희들 맘 가는 대로 치를 것이다. 그런 정서적인 것 말고도 저희들, 그러니까 자식들의 사회적인 처지나 이목을 생각해서 부모장례를 치르겠지.

그럼에도 불구하고 나는 내 아들이 수술을 할 거냐 말 거냐고 내 의견을 묻는다든지, 내 남편이 하겠다는 시신기증서에 아들이 도장을 찍어 주지 않아 시신기증도 맘대로 못하는 이런 현상을 보고 생각했다. 그러잖아도 연세의대 김일순 교수를 비롯한 몇몇 분이 '사전 의료 의향서'와 맞물려서 '사전 장례의향서'를 만들자는 일을 하고 있다. "나 죽거들랑" 어찌어찌 하자고 살아생전에 남은 사람들과 타협의 장을 활용해야겠다고.

이런저런 생각에서 "나 죽거들랑" 이후를 생각해 본다. 급선무는 살아서 소유했던 것들의 처리다. 내 자식이나 친지들의 인품들을 보아 하니 모든 게 '잘 되겠지' 하는 막연한 기대는 금물이다. 이 처리를 대강대강 해 놓는다든지 하는 것은 집안, 더 나아가 사회와 국가의 분란을 부추기는 꼴이 될 것이다.

유형의 재산 세목 하나하나에 몫을 정해 놓는 것은 기본(유산분배)이다. 보태서 정신적인 유산도 확실히 해 놓아야 할 것이다. 예를 들자면, "나 죽거들랑" 이후 갑자기 이 사람 저 사람이 나서서 자기야 말로 아무개 후계자요, 전수자라고 우겨대며 치사하게 싸우는 일도 보았다. 그러길래 모든 것에 명확히 명토를 박아 놓아야 "나 죽거들랑" 이후의 세상이 평화로울 것이다.

사실 이런 유형적인 유산이나 유물의 처리는 간단하다. 보다 복잡다단한 '정서적 유산'의 처리가 나는 더 어려워 보인다. 그러나 이 나이가 되도록 아직 정서적 유산 처리를 미적미적하고 있으니, 나도 문제노년임에 틀림없다.

내 경우, 미적거리는 것들 중에는 내 컴퓨터 속에 저장되어 있는 온갖 정보이다. 그 중에 잡동사니 정보는 살아생전 없애겠지만, 그것 말고도 누구에게도 보이고 싶지 않은 지극히 사적이면서 내밀한 내 '그것'들을 언제 어떻게 처리해야 한단 말인가.

요즘 노인들의 수명을 가늠할 수가 없어서 나도 언제쯤으로 나 죽을 날을 잡을지 갈팡질팡한다. 바로 전세대인 농경 내지 산업사회에서는 상상도 안 되는 유산 처리 문제다. 어쩌면 가까운 장래에 컴퓨터 속의 정보 처리 및 상속 노하우가 발견되리라는 예감이 든다.

또 있다. 나는 사람들이 저물도록 찍어대는 사진 상속(?)도 문제라고 생각한다. 옛날, 나는 단독주택에 살 적에 내 집 앞마당에서 바람에 날아 온 사진이 있어서 보니, 아~ 우리나라 3권 분립의 수장 중 한 분이셨던 분의 사진이었다. 살아생전 그 귀하던 분의 사진이 "나 죽거들랑"은 이렇게 길바닥에 굴러다닐 수도 있단 사실에 나는 충격을 받았다. 그래서 일찍부터 내 사진은 내 손으로 처리해 놓고 죽겠다 생각했다. 그랬건만, 이 역시 아직 못하고 있다.

내 걱정거리를 듣더니, 내 아들이 즉각 내 컴퓨터에 사진 몇 장을 저장해 주었다. 하지만 그 몇 장의 사진이 문제인가. 앨범처리도 안 돼서 커다란 상자 속에 든 수백 장의 사진을 어찌 처리한단 말인가. 버릴 수도 없고 간직할 수도 없는 부모의 사진들을 내가 처리해 주고 가야 할 텐데. 그래야 길거리에 내 사진이 나뒹구는 건 면할 텐데. 본래 사진 찍기를 즐기지 않건만 지금도 느느니, 사진들이다.

살아생전에 "나 죽거들랑" 내 몸은 화장해서 내 어머니 아버지가 묻힌 수목동산 바로 그 나무인 주목나무 밑에 묻어달라고 미리미리 부탁해 두었다. 영국 시인 예이츠의 시를 패러디하자면 "나 죽거들랑/ 내 엄마 아버지 묻힌/주목동산으로 나 돌아가리//거기 수목동산 3번

225

주목나무 밑으로/나 돌아가리"라고나 할까.

　그렇다. 나의 돌아 갈 '이니스프리(이상향)'는 내가 다니는 교회 수목 동산 주목나무 밑이다.

삶은 즐겁게!
임종은 깔끔하게!

　나보다 5살 많은 언니는 언제부터인가 먹거리 말고는, 돈 주고 뭘 구입하는 일이 없어졌다. 옷만 해도 그렇다. 주위에서, 그러니까 아들 딸과 조카들, 그리고 나날이 배가 나와서 못 입는 옷이 생기는 이 동생의 옷들을 요기조기 수선해서 입는다. 솜씨가 좋고 날씬해서 누가 봐도 멋쟁이 노인이란 소리를 듣는다. 돈 안 들이고도 이런 소리를 듣는 언니가 흐뭇해하는 모습이라니….

　그 언니가 지난 겨울 검은색 코트가 필요하다기에 내가 강하게 권해 거금을 주고 코트를 샀다. 코트를 산 그 날 이후, 며칠 간 언니는 불행하다고 했다. 헌 옷, 헌 물건을 고쳐 소위 리사이클링(재활용)했을 때의 그 행복감을 어디 감히 새 옷에 비교하리오. (언니는 부자는 아니지만, 자기 쓸 돈은 있는 사람이다.)

우리 시대는 절약이 미덕이었다. 지독히도 가난했던 그 시절엔 절약을 안 하고는 살 수 없기도 했다. 아끼고 절약하던 시절을 살아 왔던 언니를 비롯하여 나의 앞뒤 세대나 동년배들은 절약의 고수다. 뭐든지 아끼고 재활용하는 데 도사들이시다. 이제는 세월도 바뀌었으니 그만하니 알뜰을 피우라고 해도 막무가내다. 나는 노소 갈등 이유 중에 씀씀이 차이도 주요한 자리를 차지한다고 생각한다.

돈이 있으면 뭐 하나. 돈이란 쓰는 게 아니고 꿍쳐두기만 하는 걸로 치부하는 듯하다. 자신을 위하여, 자신이 즐기기 위하여 돈을 쓰는 거라는 걸 아예 잊어버린 분들이다. 어쩌다 자기를 위하여 돈을 써 가면서 즐기려 해도 그렇게 안 된단다. 돈을 쓰고 나면, 괴롭다는 데야 할 말이 없다. 거의 맹목적으로, 그리고 자동반사적으로 돈은 아끼고, 안 쓰고 본다. 이를 미덕이라고 봐야지 결코 비난할 일은 아니다. 하지만 젊은이들은 이런 노인들 모습을 못마땅해 한다.

우리 시대의 멘토라는 어느 스님이 "1년밖에 못 살 처지라면, 10년 살 사람보다 10배 더 기쁘게 살아 내야 한다"고 하는 걸 들었다. 그렇다면, 남은 세월이 얼마 안 되는 우리 동년배 노년들은 젊은이들보다 몇 배나 더 기쁘게 살아야 한다. 그리고 이를 위해서 돈도 몇 배 더 써야 하잖을까.

하긴 요즘 손주들을 위하여 노년들이 지갑을 풀었다는 뉴스가 나

오긴 한다. 돈이 있으면 있어서 좋고, 설령 돈이 없으면 없는 대로 즐겨야 하는 게 우리 노년들이다. 기쁘게 오래 사는 것은 정말 좋은 일이다. 오래 즐기며 살다가, 마지막 갈 때는 오래라는 단어의 반대말인 짧게 임종기간을 통과해야 하지 않겠나.

나도 77세가 되자 소위 하이힐을 안 신기로 했다. 키가 커서 그런지 그리 높지 않은 굽을 신어 왔음에도 불구하고, 조금이라도 굽이 있는 구두를 신은 날이면 피곤했다. 신지 못할 하이힐 구두들을 마침 발 치수가 같은 후배에게 물려주었다. 옷들은 이미 많이 물려주었다. 문제는 이런 물건 따위가 아니라, 천하보다 귀하다는 내 목숨을 내놔야 할 때가 슬금슬금 다가온다는 사실이다.

그때가 되면, 쾌쾌히 목숨을 내놔야 하겠는데, "늙은이는 걱정도 팔자"라고 안 해도 좋을 걱정을 해 본다. 평소 아끼고 절약하고 오래 쓰던 습성대로 내놓을 때가 되고도 남을 목숨을 가지고 내놓지 못하는 우를 범하지는 않을까 하는 걱정 말이다.

게다가 효를 지선의 덕이라고 배워 온 자식들이 부모 목숨줄을 붙들고 매달리면 어쩌나. 현대 의학은 노인들의 병을 완치시켜 주지는 못하지만 목숨줄 잇는 기술만은 괄목할 만큼 발달했으니 말이다. 인위적으로 구멍을 뚫어서라도 10여 개가 넘는 줄이며 관을 꽂고 명줄을 이어 주는 식이다.

그렇게 명줄을 이어 가자면 고통이 말이 아닐 게다. 당사자가 말을 못해서 그렇지, 그걸 끼고 꼼짝없이 누워 있는 사람의 고통이 오죽 심하면 그저 수면제를 먹여 재우기만 할까. 부모가 그런 지경일 때, 자식들 맘 고생, 몸 고생은 오죽할까. 더구나 낭비를 싫어하는 우리네 습성을 생각하면, 엄청난 돈을 낭비하지 않기 위해서 우리는 내 몸과 정신이 온전할 때, 무슨 조치를 취해도 단단히 그리고 확실히 취해 놓아야 하지 않을까.

이를 위하여 우리 모두는 소위 '사전연명의료의향서'라는 걸 작성해 둘 필요가 있음을, 요즘 애들 말대로 강추(강력히 추천)한다. 그럼 이를 어떻게 작성하나? 연세대 교수들이 주축이 되어 있는 생명윤리정책 연구센터나 각당 복지재단 등 몇몇 곳에서 도와주고 있다. 생명을 보수적으로 여기는 가톨릭에서도 사전연명의료의향서는 찬성하고 그 샘플도 내고 있다.

이 글을 읽는 분들이 원하신다면, 몇 가지 샘플을 나누어 드리도록 하겠다. 이도 저도 없이 그저 내 평소 생각을 적어두고 날짜와 서명 날인만 해 둬도 되긴 하다. 하지만 공증까지 해서 분란의 싹을 없애 두면, 더할 나위 없는 안전판이 될 것이다.

'젖은 낙엽'을 붙인 채 다니는
착한 아내들에게

　'삶과 죽음을 생각하는 회'라는 모임에 몇 년째 다니고 있다. 그런데 근년에 들어서 이 모임에서 못 보던 남자 한 분이 눈에 띄기 시작했다. 여기서 주최하는 이런저런 모임의 뒷자리쯤에 그 옛날 프랑스의 명배우 장 가뱅 같은 노신사가 앉아 있곤 했다. 다름 아니라, 그 모임의 장(長)인 여성의 부군이었다. 이분은 은퇴한 남편을 홀로 집에 두고 나다니지 않기 위해서, 모임에 남편을 모시고 오는 것이었다.

　이분 말고도 내 주위에는 외출할 때마다, 남편을 데리고(모시고가 아니다) 다니는 친구들이 몇 있다. 남편이 손 타는 어린 아들도 아닌데, 왜 데리고 다니느냐고 물어 본 적이 있다. 대답인즉슨, 일생을 처자식 먹여 살리는 일 말고는 아무것도 가꾸고 키워 놓지 못한 남편이 안쓰러워서란다. 하긴 많은 남성들이 직장 다니던 것 말고는 놀 줄도 모르

231

고 친구도 없긴 하다.

거기다가 늙어 가면서 남성들은 남성 호르몬인 테스토스테론이 줄어든 탓에 나날이 소심남이 되어 가기 마련이다. 반대로 여성들은 여성스럽게 해 주던 여성 호르몬이 줄어든 탓에 나날이 씩씩한 여성상이 되어 간다. 그러다 보니 우리 여성들은 하루가 다르게 밖에서 보낼 계제가 늘기 마련이다.

늙은 남편이란 여편네 치맛자락에 붙어서 떨어지지 않는 '젖은 낙엽' 같다느니, "이사 가는 트럭에 개를 안고 제일 먼저 올라타는 게 남편"이라느니 하는 속된 말들이 회자되고 있는 세상이다. 이런 야박한 세상인심 속에서 이런 착한 부인들도 있다!

하지만 말이다. 아무리 부부애가 지극하다 해도 부부가 한날, 한시에 죽을 수는 없다. 더구나 시대는 바야흐로 100세 시대라지만, 전 국민이 100세를 사는 게 아니잖은가. 100세까지 살아남자면, 부득이 '늙은 홀아비' '과부'가 넘쳐나는 세상이 될 것임을 우리는 쉽게 짐작할 수 있다. '근원적으로 인간은 혼자다'라는 거창한 철학적 명제를 들추지 않아도 사람들은 언젠가 혼자 남겨질 것이란 사실은 명약관화하다.

일생을 열심히 일만 하며 살아왔던 수많은 우리의 장 가뱅 선생들을 데리고 살아가는 부인들은 하나같이 남편이 안 되어 보인단다. 쓸모가 없어진 게 가엾고, 불우해서 더 가엾고, 잘못한 게 많아서 더 가엾고…. 이런 아내들이야 말로 이른바 '21세기형 현모양처'가 아니고 무엇이랴.

일찍이 프랑스의 미래학자 자크 아탈리는 일부일처제의 종말이 다가오고 있다고 했다. 장수시대가 오면, 직업을 8번까지 바꾸게 되고, 배우자나 친구도 2모작, 3모작 시대가 될 거라고 했다.

어느덧 예측해 오던 21세기가 왔다. 그 옛날처럼, 배우자가 먼저 가더라도 한 몇 년쯤 홀로 이럭저럭 살다가 가는 시대가 아니잖은가. 외로이 홀로 살아내기에는 너무 긴긴 세월이 앞에 놓여 있다. 젊은이들만 2모작, 3모작 인생을 설계하면서 사는 게 아니다. 노년들도 안 죽어지니까 부득이 2모작, 3모작 인생을 살지 않을 수 없는 세상이 되어 버렸다.

잉꼬처럼 늘 함께 지내는 부부라도 종당에는 누구나 혼자가 될 거다. 혼자되고 난 다음에 긴긴 시기를 홀로 어떻게 보내야 할까. 나는 이 점이 걱정스러워서 잉꼬부부들에게 "부부가 '같이' 지내는 건 좋다. 하지만, 한편으로는 '따로' 노는 버릇도 들여 놔야 한다"고 아무리 타일러도 이들은 막무가내다.

고독을 품은 채, 혼자도 잘 살 수 있는 그것이 21세기, 100세 시대를 살아갈 우리 노년들의 절실한 화두다. 지금까지 우리네는 주위 이목이랄까 체면을 중시하는 삶을 살아 왔다. 하지만 지금은 100세 시

233

대다. 남의 이목을 살펴가며 살기에는 너무 긴 세월을 살아내야 한다. 남의 이목을 상관 않는 '나 위주(meism)' 삶을 살 배짱을 키워야 100세 시대를 순탄하게 살 수 있다.

또 있다. 고독 치유제로 즉효인 '사랑'을 찾아 나서는 것, 얼마나 좋은가. 하지만 늙으나 젊으나 진짜 '사랑'은 절로 찾아오는 법. 이 드문 '행운=사랑'을 인위적으로 찾아 헤매는 노년들은 자연스럽지 못하다. 그보다는 두서없는 잡담을 나눌 가족이나 친구를 보물 가꾸듯이 키워두는 것이 무엇보다 중요한 일이다.

진정한 독립심이 있어야 품위와 자존심을 지닌 노년이 된다는 이야기가 새삼 떠오른다.

6

차마
하기 힘든 말

혼자 사는
즐거움

나는 지금 댈롱 혼자 살고 있다. 혼자 사는 삶에 만족하고 있고 행복하기도 하다. 2015년에 반려자인 남편이 죽은 이후 혼자 살기 시작했다. 요즘 혼자 사는 게 뭐 큰 뉴스거리도 안 된다. 아들 손자 며느리 거느리고 사는 노인, 찾아보기 어렵다. 어디 노인뿐인가. 젊은이들도 가능한 한 일찌감치 부모 곁을 떠나서 혼자 사는 게 대세다. 7년째 늙은이 혼자서 어떻게 살길래 좋다고 하는지? 어느 날의 내 일기 이틀치를 꺼내 보는 것으로 가늠해 보겠다.

8월 12일 금요일. 내 취미인 영화를 별러서 가는 날이다. 영화만 해도 그렇다. 영화를 보려면 같이 갈 메이트와 약속을 잡고 시간 맞춰서 영화 보고 영화가 좋았다, 재미있다 등등 수다를 떨면서 국수라도 먹고 헤어지는 게 내 영화관람 스타일이었다. 언제부터인가 같이 영화

구경 다니던 메이트들이 하나둘 사라졌다. 영화메이트가 영화관에서 자꾸만 춥다고 하더니… 그래서 늘 가지고 다니던 숄을 주곤 했었는데 싱겁게 죽고 말았다. 마지막 나의 영화메이트인 언니는 삼복중에도 봄가을 사철 발이 시려서 영화관에를 못 가겠단다. 그래서 나는 혼자 영화관람을 한다. 혼자 영화관에 갔다고 해서 뻘쭘할 것도 없다. 젊은이들도 맨 혼자서 영화관람들 하고 있으니. 그래도 나는 재미가 좀 없다. 영화를 보고 나서 이러쿵저러쿵 얘기할 사람도 없이 묵묵히 혼자 집에 오는 게 영 재미가 없다. 일찍이 영화관까지 왜 가세요? 하면서 넷플릭스를 깔아 준 후배가 있다. 그래서 나도 집에서 영화도 보고 놓쳤던 TV프로도 보긴 본다 그래도 영 옛날에 영화 즐겨 보던 그 맛이 안 난다.

그런데 8월 12일, 그날은 내가 속한 '메멘토 모리'의 꽃띠 회원이 같이 영화를 보잔다. 꽃띠 회원과 나는 20살 정도 차이가 난다. 나는 오랜만에 생긴 영화메이트에 얼씨구나 불감청언들 고소원이네 하고 약속을 잡았다. 동네마다 있다시피 하는 영화관을 옆에 두고 나는 굳이 광화문 거리에 있는 씨네큐브를 간다. 요즘 영화관들이 주로 외계인, 귀신, 죽고 살기 작정한 듯한 액션 영화, 전생이 어쩌고 하는 소위 블록버스터라 하는 영화는 질색이다. 씨네큐브는 소위 예술영화스런 영화들을 상영해 줘서 거기를 잘 간다. 난 그 영화관의 분위기도 좋아한다. 젊은이들만 보글거리지도 않고 지레 영화가 끝나 엔딩크레딧이 다 올라가도록 아무도 일어서지를 않는다.

그날 본 영화는 영화로서는 재미가 없었다. 한 가지 감탄할 지점은 한 나라의 유명 영화감독을 기려서 조그만 섬 전체를 영화세트장으로 삼고 거기서 일어나는 소소한 얘기들이다. 그러니 감탄할 거리도 없거니와 내가 좋아하는 달달한 로맨스나 인생사가 없으니 재미가 없을 수밖에. 그래도 즐거웠다. 영화도 저질스럽지 않고, 같이 가 준 메이트가 영화를 건성 보지를 않는 친구라서 간만에 영화를 주제로 말이 통했다. 이 얼마 만에 맛보는 즐거움이더냐.

영화가 끝나자 나는 언니와 즐겨 다녔던 별스럽지도 않은 식당이 있는 안국동에를 갔다. 에고, 3시가 지나서 브레이킹 타임이란다. 길 건너 또 수십 년 내 다니던 솥밥집에 갔다. 변함없는 그 맛, 그 집. 같이 간 꽃띠 회원은 이렇게 유서 깊은 맛집이 있었더냐고 감탄에 감탄하며 조잘댄다. 우리 또래들, 으레 알고 가는 그 식당을 모르고 신기해하는 꽃띠와 새삼 세대 차이를 느낀다.

서울공예박물관이 세워져 가는 것을 보면서 한번 가 보자고 마음먹었던 게 수년. 그날 꽃띠와 나는 벼르던 박물관에를 갔다. 박물관은 내가 상상하던 것 이상으로 정교하게 꾸며져 있었고 내용도 k-공예라 할만했다. 이만한 박물관을 세우게 한 기틀을 만들어 놓은 명성황후

일가도, 번듯한 박물관을 만든 우리 정부가 모처럼 기특해져서 나는 그날 처음으로 새 모이만큼 내는 내 세금이 아깝지 않았다. 우리 k-공예도 한몫하겠구나!

벼르던 유영국 전시도 마저 보기로 하고 삼청동으로 갔다. 우선 전시장 아래층 카페에 들렀다. 땀을 식히면서 쟁반만 한 팥빵 하나 곁들여 빙수를 들면서 꽃띠와 나는 공예박물관 얘기며 영화 얘기를 하다가 정신이 나서 미술 전시장으로 갔다. 아뿔싸, 그새 시간이 얼마나 흘렀는지 전시는 이미 문을 닫은 것이다. 내려오다가 내가 좋아하는 나무와 벽돌 빵집에 들렀더니 여기도 매대가 텅텅… 카운터 옆에 놓여 있는 머랭 과자 봉지를 들고 인제 그만, 하고 꽃띠와 헤어져 집으로 왔다. 기분 좋은 피로감 속에서 스마트폰에 깔아 놓은 만보계를 보니 우와~ 물경 17000여 보! 나는 나의 게으름 때문에 내 몸에다 늘 미안해 오던 감정을 한 방에 날려 버렸다.

샤워 끝내고 침대 옆에 머랭과 복숭아 그리고 읽을 책을 놔두고 떳떳이, 그래, 오늘은 내 몸에다가도 떳떳이 누워서 버둥거려도 되는 이 순간이 행복하다. 온종일 싸 다녔다고 잔소리할 사람도, 먹고쟁이였던 남편 저녁 차림도, 애들 학교 보낼 준비도, 다 안 해도 된다. 언제까지 해낼 일도 약속도 없다. 완전 자유, 기분 좋게 피곤이 몰려왔다. 이 얼마나 홀가분하고 자유로운가.

지금처럼 나 홀로 내 방에서 지내는 지금이 나는 행복하다. 그러고 보니 저녁을 안 먹었네. 느지막이 먹은 솥밥과 팥빵 반 조각으로 저녁은 생략. 언젠지도 모르게 깊이 한잠 자고 깜작 깨어 보니 새벽 3시 반. 문밖을 나가 보니 신문이 나란히. 그것도 3개 신문을 훑어보고 나니 배가 고프다. '아, 어제저녁을 안 먹었구나' 깨닫고 조심성 하나도 없이 덜그럭거려 가며 부산히 아침밥상을 내왔다. 새벽 4시에 아침을 먹으면서 젊은 애들과 함께 살았다면 이 새벽에 저 노인은 무엇을 하는가? 라고 했겠지.

아참, 즐겁게 관람한 영화의 제목은 〈베르히만 아일랜드〉이다.

효도는
'요금'도 '세금'도 아닌 것을

크리스마스를 필두로 신정, 설 등 연말연시 그 떠들썩한 절기들이 드디어 다 지나갔다. 그야말로 시원섭섭하다. 즐거운 명절이라 해서 온 국민 한 사람 한 사람 모두가 즐거운 것은 아닌 모양이다. 내 경우 평범한 일상이 좋지, 특별한 날이라 해서 떠들썩하는 것에 별로 의미를 두지 않는다.

애들이 왔다 간 집안에서 할 일이라고는 그저 TV를 죽이는 일 뿐이다. 근데 이 TV라는 게 그렇다. 보통 때나 좋은 TV프로그램이 있지, 명절에는 도무지 시끌벅적하기만 하고 외려 볼만한 프로그램이 없다. 채널을 돌리고 돌리다 보니 우리 국민 모두가 재미있게(?) 본다는 작가의 드라마를 하고 있었다. 이름 하여 〈아버지가 미안하다〉.

내용은 4남매가 명절에 퀵 서비스를 하는 부모집에 왔다가 일어나는 자식들의 이런저런 모습들이었다. 자식들 모두가 착하기만 한 것도 아니고, 그렇다고 모두 악하기만 한 것도 아닌, 우리 곁 누구네서나 있을 법한 자식들과의 얘기였다.

이 드라마를 보면서 나는 우리 부모들쪽 입장이자 내 입장을 생각해 봤다. 사실 추석을 비롯한 명절 전후에 나는 며느리의 입장이라든지 명절증후군 같은 문제를 가지고 여기저기 상담 비슷한 것들을 해봤다. 한데 여러 전문가들이 아무리 뜻을 모아 봤자 뾰족한 해결책이 없었다. 그래도 나는 나의 의견이랄까 해결책 비슷한 것을 끌어냈다.

다름 아니라, 우리 부모네 세대들이 생각의 틀을 대폭 바꾸어 보면 어떨까 하는 거다. 자식이란 뭔가. 나 좋아서 낳은 자식이다. 누가 시켜서도 아니오, 내가 하고 싶어서, 내가 사랑하지 않고는 배길 수 없어서 애지중지 사랑과 정성을 기울여 키워 낸 자식들이다. 그리고 그 애들은 내가 사랑해 주는 값을 톡톡히 하려는 듯 나를, 부모를 기쁘게 해줘 가며 자라나지 않았던가.

그러니 우리 부모세대들은 이제 그만 바랐으면 좋겠다. 더 이상 자기 인생 자체를 희생하듯이 혹은 "자식들 봐라" 하듯이 자기를 희생하고, 자식들에게 올인할 필요가 있을까? 이렇게 되면 부모들은 반대급부로 이른바 효도를 바라는 마음이 생기고 자식들은 부모의 헌신이 부담으로 느껴진다.

나는 이놈의 효도란 말이 싫다. 부모들이 자식들에게 바라고 기대하는 데서 나온 것 같은 말이어서다. 물론 성경의 십계명 중에도 부모를 공경하라는 계명이 있다. 동양의 유교에서도 충효를 으뜸으로 가르친다. 하지만 여기서 말하는 효도는 자식들에게 지키라고 일러주는 가르침이다. 그러니 걔네들이 알아서 할 일이지, 우리 부모들더러 자식들에게 잘 해준 만큼 효도를 잔뜩 바라라는 건 아니다.

드라마 속에서도 자식들은 늙은 부모의 헌신, 즉 퀵 서비스를 계속하는 것을 부담스러워 하고 있었다. 물론 부모 자신들은 노후 병원비를 위해서라고 했지만, 보통 자식들은 성인이 된 이후에는 부모의 희생을 바탕으로 한 헌신을 부담스러워 한다. 언젠가 말했지만 자식에게 올인하는 대신 하프 인(반만 걸기)만 해도 우리나라의 많은 문제들이 해결될 거란다.

외국서 살다 온 젊은이의 말이다. 한국, 참 살기 좋은 나라란다. 전화 한 통이면 즉각 애프터서비스 맨이 달려오고, 문 밖만 나가면 마트요, 주민센터에 가면 온갖 편의를 제공하는 나라가 한국이란다. 그렇게 좋아 다시 귀국해서 산다는 이 젊은이의 다음 말이 나를 경악하게했다. 뭔 말이냐 하면 아주 늙어서는 도로 외국에 가서 살겠단다.

이유인즉슨 한국은 분명 좋은 나라지만, 노년들에게는 좋은 나라가

244

못 되더란다. 경로사상, 즉 노인을 공경하는 나라임에는 분명하지만, 겉으로만 노인을 대접하더란다. 아무 때나 그리고 어딜 가나 "어르신"이란 말을 코에 걸고, "연세"란 말을 입에 달고 살더란다.

사실, 한국처럼 노소가 갈라지고 소통이 안 되는 나라도 없단다. 돈으로, 물품으로 노인 즉 부모를 돌볼 뿐이지, 도무지 노소 간에 소통이 없잖느냐고 반문하기도 했다. 외국은 한국만큼 경로사상이랄까 효도라는 말을 시마다 때마다 걸고 살지는 않는단다. 하지만 부모자식 간에 그리고 노소 간에 금을 그어 놓듯 노부모는 한쪽에 모셔 놓고, 젊은 저희들끼리만 어울리는 나라도 없단다. 그래서 나이를 상관 않고 같은 사람으로 대하면서 함께 어울리는 구미 쪽이 노인들 살기가 훨씬 나을 것 같다는 얘기였다.

우리나라가 이렇게 된 원인이 "내가 어떻게 키운 자식인데…" 하면서 잔뜩 바라고 기대하는 부모, 나아가 뭔지 잔뜩 바라는 듯한 부모의 눈초리에 지레 질려서 돈 얼마 던져 주고 될 수 있는 대로 멀리멀리 떨어져 살려는 게 우리네 아들딸들이 아닐까?

명절이 부모에게 납부하는 '세금' 납부일이 되었고, 며느리들에게는 일일 노동봉사의 날로 전락해 버린 것 같아 나는 명절이 마냥 즐겁지만은 않다. 어쩌면, 고래로부터 사람들이 피하고 싶어 한다는 납부 즉 '세금'이며 노력봉사며 하는 것들에서 저들을 놓아 줄 때가 바로 지금이다.

　무덤까지 따라 온다는 '납세'의 부담을 면제 받으면, 저들이 스스럼
없이 다가오지 않을까.

노인 배려도
세대교체도 정도껏

글을 쓰려고 전등을 켰더니 불이 들어오긴 했는데 깜박깜박 거린다. 그냥 있기도 불편한데다가 도무지 글을 쓸 수가 없다.

즉각 아파트 관리실에 전화를 걸어 전기를 봐 달라고 했다. 형광등, 아니 LED등이라던가, 아무튼 전등 갈아 끼우는 정도야 각자 해야 할 일이다. 하지만 달랑 늙은이 둘이 사는 우리 집에서는 의자에 올라가서 고개를 젖히고 천정에 붙은 전등 갈아 끼우다가 어지러워 넘어질까 봐 못하고 산다. 인심 좋은 우리 아파트에서는 두 늙은이 사는 집이라고 봐 주는 모양이다. 아무 때고 SOS를 치면 달려와 준다. 외국 같으면, 사람 한 번 부르려면 비용은 고사하고, 몇 날 며칠이 걸린단다. 우리나라 좋은 나라다!

즉각 사람은 왔는데, 늘 달려오던 귀염성스런 청년이 아니다. 하긴

247

청년이 아닌지도 모른다. 내 눈엔 젊은 남자는 다 어리고 귀여운 청년으로 보이니까. 청년 대신, 냄새를 풍기면서 웬 남자 노인이 들어서는 것 아닌가. 사연을 물은즉, 청년은 사직하고 자기가 대신 취직했다는 것이다.

각설하고, 전등을 갈아 끼웠다. 근데 갈아 끼우면 뭐 하나. 깜박거리는 것은 여전한데. 어쩌면 좋으냐고 물었더니, 이 노인네 횡설수설이다. 전등은 삼성 표가 좋은 거고(마치 나쁜 상표의 전등 탓이란 소리 같다. 난 아직도 삼성 표 전등이 있는지도 모른다.), 우리 집 등은 아주 나쁜 거고…. 동문서답을 하다가 가 버렸다.

하는 수 없이 마을버스 서너 정거장 거리에 떨어져 있는 전파상 사람을 불러 일금 3만 원을 주고 고쳤다. 그러자니 부득이 원고도 늦어지게 생겼다.

나중에 들어서 안 얘기다. 젊은이보다 월급도 싸고, 노인네 일자리마련 차원에서 사람을 갈아 치운 거란다. 나도 노인이지만, 멀쩡히 일잘 하는 젊은이 밀어내고 노인들이 그 자리를 차지하는 것은 공정치못하다고 생각한다. 거기다 맡은 일도 제대로 모르면서 단순히 노인우대 차원에서 노인을 고용하는 것이 옳은 처사인지? 요즘같이 취직이 어려운 세상에서 한 청년을 백수로 만들면서까지 그 자리를 차지하는 행티는 우리 노인들로서는 마땅히 사양해야 할 일이다. 늙어서도 일 할 곳이 있으면 좋다는 것은 두말 할 필요가 없다. 하지만 우리 아파트의 영선부 할아버지처럼 젊은이 밀어내고 차지하는 것은 "아니올시다"다.

그럼, 우리 늙은이들은 어떡하라고? 라는 항의가 빗발치는 거 같다. 왜 젊은이들이 잘 안 하는 일, 그런 쪽으로 눈길을 돌려 보면 어떨까. 물론 턱없이 모자랄 것이다. 그렇다고 젊은이들 일자리를 뺏을 수는 없잖은가. 노인들도 돈을 벌어야 한다고 주장할 것이다. 그래도 젊은이 몫을 뺏어서는 안 된다. 왜냐하면 돈이 급한 사람은 노인보다 젊은이이기 때문이다.

"수입이 문제가 아니라, 일이 하고 싶어서"라고도 한다. 나의 좁은 소견으로 말하자니 찔리는 구석이 없잖아 있지만, 곳곳에 널려 있는 '봉사'라는 것에서 할 일을 찾고, 시간을 보내는 그런 노인분이 아름답다.

이 같이 지각 있는 노인이라면, 자식 같은 젊은이에게 일자리를 양보해야 한다고 외쳐대는 나다. 그럼에도 불구하고 요즘 정치권에서 행해지는 소위 '공천'에는 한 마디 안 할 수가 없다. 노인을, 그것도 일자리는 일자리인데, 나이 많다는 그것 때문에 막무가내로 밀어내는 공천에 한마디 안 하고 배길 수가 없다.

다선(多選)에다가 고령이면, 여야 막론하고 공천에서 우선 배제하는 행태는 뭐 하자는 얘기인가? 정치도 전문성을 요하는 직업(?)이다. 고령이 되도록 오래 쌓은 경륜과 능력이 이룩한 공적을 휴지조각처럼 내버려도 되는가. 검증되지 않은 젊은이들로 국회를 채우자는 건가.

세대교체도 필요하고 물갈이도 필수다. 그렇다고 해서 이런 일들을 하루아침에 해치울 일은 아니다. 아무쪼록 노(老)의 경륜과 소(少)의 참신함이 어우러지는 정치의 새 장이 마련되기를 바란다. 경륜을 쌓고 나이가 많다는 그것이 퇴출이유 1호로 꼽히는 것은 불공정하다. 더구나 지금은 100세 시대 아닌가.

마흔이면
자기 얼굴에 책임지라는데

80을 넘겨 살다 보니, 재미있는 게 하나 있다. 다름 아니라, 나와 더불어 수십 년을 같이 늙어가는 사람들의 모습을 관찰해 보는 거다. 주위에서 나와 같이 혹은 남남으로 늙어 가던 사람들이 인생 막장에 도달한 지금은 어떤 모습으로 되어 있는가를 보는 재미가 쏠쏠하다.

그리고 또 있다. 내 후대들이 어떻게 자라, 중년을 훌쩍 넘겨서는 어떤 모습이 되어 있는가를 보는 것이다. 이건 전기 영화 몇 편을 보는 것 이상으로 흥미롭다. 비주얼로 보니까 책이 아니라 비디오라고 하는 게 맞겠다. "모든 사람은 한권의 책"이라는 말 그대로 한 권의 책이고 한 편의 영화다.

흔히 하는 말로, 옛 성현의 말씀이나 속담들은 만고불변의 진리라고들 한다. 하지만 세상이 엄청 바뀐 요즘 세상에 맞지 않는 말씀으로 변한 게 더러 있다. 언뜻 생각나는 것으로 공자님 말씀 중 "40에 불혹(不惑)"은 전적으로 틀렸다. 요즘 같은 장수시대에 40에 불혹이라니! 내 보기에 40엔 온갖 유혹이 난무하니 외려 "40에 유혹(誘惑)"이 맞다.

또 있다. "누가 만민평등"이라 했는가. 태어날 때 DNA가 다르게 태어나고 환경이 천차만별이어서 사람은 층층각각으로 달리 만들어졌는데, 어떻게 평등이 될 수 있겠는가. 다 같이 발가벗고 목욕탕까지 가지 않아도 우리는 알 수 있다. 길에서 그냥 스쳐 지나가는 사람에게서 언뜻 풍기는 그것만 가지고도 사람은 만민평등이 아니라, 만민 불평등인 것을. 만민평등이란 사람대우를 평등하게 하라는 말인 줄 알지만, 사람 대우도 구별해서 대우해야지 어디 평등이 되던가?

40이면 자기 얼굴에 책임을 져야 한다지만, 40을 지나 70, 80을 넘은 사람들의 얼굴이나 인품에서는 그야말로 만민 불평등의 만화경이 펼쳐진다. 몇 년 전 그 불평등의 세계를 극명하게 볼 기회가 있었다. 국내외에 퍼져 살던 고교 동창들이 70에 모여 제주도로 여행을 갔을 때다.

며칠거리로 자주 만나는 친구도 있었지만, 30년, 40년, 50년만에 만나는 친구들도 있었다. 10대 단발머리로 만났던 친구들이 백발이 되어 함께 여행이란 걸 했다. 그런데 호기심에 유심히 보았더니만 친구들 간의 그 엄청난 차이와 불평등에 입이 안 다물어졌다. 70에도 날

렵한 몸매로 가볍게 이리저리 다니면서 디지털 카메라를 눌러대는 친구가 있는가 하면, 지팡이를 짚고도 허리를 다 못 펴고 절름거리는 친구도 있었다. 그런가 하면, 비록 휠체어를 타고 다니지만 얼굴은 지극히 평안하고 지성이 넘쳐 보이는 친구도 있었다. 학교 다닐 때 애교머리를 하다 선생님께 야단맞던 친구가 나이 70에 조글조글한 얼굴을 빼고는 여전히 알프스 소녀 하이디 차림을 하고 있는 모습도 재미있었다. 그러고 보니 살아온 세월이란 것이 바로 40뿐 아니라, 70, 80, 90세의 얼굴을 형성하는 밑그림 노릇을 하고 있었던 것이었다. 한술 더 떠서 늙어서의 건강이나 활동성은 젊어서 얼마만큼 자신을 아끼고, 사랑하고, 훈련을 쌓았는지에 따라 좋아질 수도 있고 나빠질 수도 있더라는 생생한 현장을 보고 온 셈이었다.

그 옛날, 우리들의 어머니 세대엔 깊게 패인 얼굴 주름에다 거친 손일수록 자신을 희생한 훌륭한 어머니의 표상이었다. 현대는 비록 늙었어도 발랄하고 건강하게 잘 살아 주는 것이 자식들에게 걱정 안 끼치고 그래서 좋은 부모가 되는 것 아닐까. 자식에게 효도를 받기보다 자식으로 하여금 부모 걱정을 안 하게 하는 '역효도'를 하는 부모가 나는 좋은 엄마요 아버지라고 생각한다.

그것은 어느 날 성형을 해서 하루아침에 주름살 몇 개 없앴다고 되는 것도 아니고, 요즘 몰려다니는 문화센터에 몇 달 다니며 뭘 배운다고 해서 교양과 인격이 갑작스레 갖춰질 일도 아니다. 지나 온 긴긴 세월의 밑그림들을 차곡차곡 쌓아 놓은 그것들이 오늘의 나의 얼굴이오 나의 몸이고 나의 인품이다.

그러고 보면, 오늘의 내 모습과 내게서 풍기는 그 어떤 것은 젊어서부터 꾸준히 그려서 쌓아 놓은 밑그림들이 바탕이 되었던 것이었다. 거기다가 빠질 수 없는 것이 내 정신에, 내 맘에 등잔불이 꺼지지 않도록 시시로 기름 부어 불이 꺼지지 않도록 한 그 무엇이 받쳐 주었을 때야 노년의 얼굴과 인품이 제 구실을 하더라는 사실이다. 그제서야 감히 내 얼굴에 책임을 졌다는 소리를 할 수 있겠다.

늙었어도
예쁘고 싶은 마음은 있다

안락사가 허용된 네덜란드의 요양원에 근무하는 의사의 수기를 읽고 있다. 전부터 안락사니 존엄사에 관심이 많았기에 불편함을 무릅쓰고 재미 하나 없는 이 책을 고행하듯이 읽고 있다. 그런데 책을 읽다가 나도 모르게 깔깔 웃어 버렸다. 웃다가 순간, 나는 다시 시름에 빠지고 말았다.

94세 된 할머니가 귀에 난 피부병을 치료하다가 귓바퀴에 구멍이 나 버렸단다. 이 할머니가 의사에게 불평하는 말, "아니, 내가 평생토록 귀에 구멍이 난 채로 살아가야 한단 말이오? 흉하게스리…" 이제 죽음을 앞두고 요양원에 들어 온 할머니다. 그리고 뭣 보다 94세에 무슨 '평생씩이나…' 하는 생각에 나는 웃고 말았다.

하기야 아무리 며칠 안 남은 인생이라도 보기에 미워지는 걸 싫어

하는 사람이 있을까. 특히 여자의 본성이야 어딜 가겠나. 누구는 자기 사후에 시신을 기증하려다가도, 당신 시신이 숭하게 내돌려질 거란 걱정이 의학발전에 기여하겠다는 공익 정신을 눌러 버리더란다. 죽고 나서도 예쁘고 미운 것을 생각하는 게 여자다. 우리 노년들의 맘은 이처럼 여전함에도 불구하고 우리는 '늙었으니까' '다 살았으니까' 등등의 유리벽을 쳐 놓고 내남직없이 솔직하게 살아내지를 못하고 있나 보다.

세상 모든 것이 다 그렇겠지만, 이 '나이'처럼 주관적인 인식을 하게 되는 것도 없다. 멀리 볼 것 없이 나 자신을 돌아봐도 그렇다. 나는 소녀시절에 40이란 나이는 인생 살 것 다 살아낸 나이라고 생각했었다. 심지어 40 먹은 사람들은 성생활도 끝났을 거라는 막연한 상상을 했었다. 무슨 기준이었는지 여자는 33세 정도까지만 예쁘고 말겠지 여기기도 했었다. 이런 형편이니, 60 넘은 사람에게는 인생 자체가 있는지 없는지 관심 밖이었다.

나이를 먹을 대로 먹은 50대에도, 나는 70대였던 어머니가 머리 정수리에 난 피부병을 고치려고 노심초사하는 모습을 딱해 했었음을 고백한다. "그 나이에 그깟 피부병을 가지고 왜 저리…" 엊그제, 언니와 막내 이모 그리고 내가 앉아서 어머니이자 언니인 내 어머니의 70대 맘을 헤아리지 못했던 회한을 얘기했다.

이제는 가없이 수명이 늘어난 시대가 되었다. 옛날식으로 나이를 들먹일 계제가 아니다. 젊은이들뿐 아니라 나이 먹은 우리 자신들도 나이란 '유리벽'을 이제는 깨트려 버려야 하는 시대가 되었다.

불과 몇 해 전만 해도 어쭙잖게 넉넉히 맘을 쓴답시고 사람은 모름지기 77세 정도 살면 될 거라 생각했었다. 그런데 내 자신이 벌써 80을 넘었다. 그 무슨 발칙한 발상이었던가. 신을 넘봐도 분수가 있지!

우리 노년들 스스로 '나이 유리벽'을 치지 않을 만한 노년의 성숙을 이뤄야 하지 않을까. 전에는 나이를 상관 않고 의욕을 보이면 노욕(老欲)이라 했던 적이 있었다. 그러니 젊은이들이 철없어서 겹겹이 쳐 놓은 유리벽을 우리 노년들이 나무랄 계제가 못 된다. 조용히 타일러서 유리벽을 거둬들이도록 해야겠는데….

저들이 말을 안 들으면 어쩌나. 그 때는 할 수 없이 '무식한 나이의 유리벽'이란 놈을 무시해 가며 살아갈 배짱을 우리 노년들은 키워야겠다는 생각을 해 본다. 그래야 이래저래 정신 차려 노년기를 잘 살아내야 저들, 젊은 저들에게 본(本)을 보일 수 있으리라. 저들이 알아서 스스로 나이의 벽을 깨기까지.

사랑은
나이를 가리지 않는다

자식네를 방문하느라 서너 번 구미를 가 봤다. 근데 잠깐 돌아보는 여행 중에도 유난히 눈에 띄는 장면이 있었다. 그것은 허리가 굽은 노부부가 손잡고 미술관이나 공연장에 들어서는 모습이 자주 보이는 것이었다. 우리나라 우리 세대 부부들에게는 거의 볼 수 없는 광경 아닌가.(물론 극히 예외적인 경우는 있을 수 있으리라)

이는 요즘 새로 노년기에 진입해 오기 시작하는 '베이비 부머 세대' 이전의 노년세대에게는 거의 희귀장면에 가깝다. 베이비 부머 이전의 우리 시대 노년들 부부사이는 어떠했던가. 대체로 마초 근성에 찌든 남성들 밑에서 인고의 세월을 살아 낸 여성들이 자식을 매개로 겨우 가정을 지탱해 왔다고 할 수 있다. 이런 판에 무슨 부부 간의 낭만이 있고 사랑이 있었겠는가.

지금은 너 또한, 나 또한 다 늙었다. 늙어 힘 빠진 마초들에게 꼼짝 없이 당하고만 살아왔던 노년 여성들의 차가운 대응이 바로 마지못해 소 닭 보듯 덤덤히 사는 노부부들이다. 요즘 말로는 이런 부부를 일컬어 '쇼윈도우 부부'라던가?

하긴 서양의 노부부들이 내 눈에 유난히 정답게 보이던 것에는 다 이유가 있었다. 그것은 저들은 팔팔한 젊은 시절에 이미 한 번쯤 걸러진 부부들이라는 거다. 무슨 말인고 하면, 저들은 우리네처럼 죽어라 참고 살아 왔던 게 아니라, 싫으면 갈라서서 한 번 이상 걸러서 남은 부부들이라는 거다. 거기다 저네들은 우리네보다 더 철저히 떠나가 버린 자식들 때문에 보다 더 철저히 둘만 남게 된 부부, 오로지 두 사람뿐인 거다.

가리늦게 철들어 만난 두 남녀는 새삼 두 사람만의 사랑을 가꿔 나가고 있는 거다. 또한 그들만의 노년살이를 새로 설계하면서 그들만의 노년살이를 하는 거란다. 늙어 가면서 젊은 날의 철없었음에다가 열렬하기만 했었던 사랑은 한 번 혹은 더 나아가서 두 번이나 U턴을, 그것도 리드미컬하게 하게 된 거란다. 그러면 그렇지, 어쩐지 수십 년 시들고 찌들은 우리네 부부 사이 같지는 않더라니!

이들에 비하면, 우리네 오순도순 오리지널 부부는 가히 국보급이다. 그런데 늙는 데도 단계가 있잖은가. 아주 늙어져서 진짜 힘 빠져

상늙은이(oldest old)가 되어 버린 노부부가 되었을 때는 상황이 또 달라진다. 소 닭 보듯 냉기가 돌던 부부가 새삼스레 없던 '측은지심'이 생겨나서 서로를 챙기고 새로운 사랑까지는 아니더라도 문자 그대로 '측은지심'을 키워 가게 되더라는 사실이다. 그럼, 오리지널 혹은 측은지심 부부는? 이들도 한 단계 업그레이드 되어 '오손도손 형'으로 바뀌어 가는 경우를 심심찮게 보게 되더라는 사실이다.

　2년 후배 되는 우리 시대 유명 평론가가 25일간 중환자실에 있다가 나와 하는 말, 늙은 남편을 돌보는 사람은 자식도 아니오, 간병인도 아니오, 오직 마누라더라고 했다. 간이침대서 자고 먹으면서 돌보더라는 얘기였다. 이처럼 새로 업그레이드 된 부부사이는 제법 사람스레 섞여 사는 데면 으레 깔려 있는 정(情)! 그 정이란 게 강 같이 흐르는 현상을 나는 자주 목격하게 되더라는 사실이다.

　까맣게 잊고 살아 왔던 사랑? 아니, 사랑까지는 아니고 측은지심의 발로인지 딱히 모르겠지만, 남편을 지극 정성으로 돌봐 주고들 있더란다. 타인을 돌보는(care) 것은 타인을 배려한다는 표현이요, 존중한다는 뜻 아닌가. 이처럼 서로를 배려하고 존중하는 새로운 부부관계를 이루어 살아가고들 있는 우리 시대의 부부들을 말하고 있는 거다.

　새로운 사랑이라면 뭐니 뭐니 해도 느지막이 새로 시작하는 제2의 사랑을 빼놓을 수 없다. 독신 노년들이 꾸리는 새 사랑의 이야기다. 이제는 장수시대! 100세 시대다! 요즘의 노년 홀아비, 노년 과부들은 죽을 때까지 홀아비 과부로 수절하지 않는다. 1960, 70년대만 해도, 그것도 서구에서조차, 노년들의 연애를 '광기'라고까지 했다. (폴 투르니에)

그러나 요즘엔 젊은이들만 2모작, 3모작 인생을 설계하면서 사는 게 아니다. 노년들도 안 죽어지니까 부득이 2모작 인생을 살지 않을 수 없게 되었다. 따라서 결혼도 검은 머리 파뿌리 될 때까지 사는 1모작 결혼시대는 가 버렸다. 여기저기서 제2, 더 나아가 제3의 노년의 사랑이 꽃피어 가고 있다.

소금에 푹 절인 배추같이 외로움에 절어 있던 노년들에게 생기와 활기를 주는 즉효약은 남녀의 화합이다. 더구나 우리 세대 많은 분들이 연애니 데이트니 하는 것은 못해 본 분들이 많다. 선보고 몇 번 만나고 나서 시집 장가를 오고 간 분들이다. 이제라도 더 늦기 전에 데이트나 연애를 즐기고 더 나아가 재혼까지 한다면 이보다 더 좋을 수는 없겠다.

나이 든 내가
나는 참 좋다 1

몇 차례에 걸쳐 늙어서 좋은 점들을 얘기했다. 쓰다 보니, 정말 늙은 게 그렇게 좋았던가 하는 의구심이 든다. '오늘도, 지금도 맨 어려운 점 투성이었는데, 좋기는 뭐가 좋아~ 늙는 게…' 하는 생각 말이다.

올 겨울처럼 영하 15도 이하가 되고, 눈이 많이 와서 길이 미끄럽고 한데, 좋다니? 영하 10도 이하가 되니까, 늙은 몸이 버티기가 힘들었다. 거기다가 길이 미끄러우니, 넘어질까 하는 그 공포는 뭣에 비할까.

그럼에도 불구하고 나이 들고 나니 조심성이 많아진 것에 감사한다. 젊었을 적에야 영하 10도 이하가 되어도 몸을 얼마나 감싸야 보온이 될지 그런 생각이나 했던가. 미끄러운 것에 조심은커녕, 가량없이 다니다가 넘어지기를 그 얼마나 했던가. 얼마나 좋은가. 늙어서 분별이 생기고 조심해야 할 것을 알아서 챙기는 그 신중함이.

신중한 것 말고 또 있다. 맘이, 그리고 몸이 적당히 둔해졌다 할까? 살기 위해 타협점을 찾은 건가. 젊었을 적에 뾰족하게 모난 곳이 닳고 닳아서 둥글어진 것이다. 둥글어지고 나니, 얼마나 편하고 푸근한지 그야말로 "너희가 게맛을 알아?"다.

젊어서 감성은 얼마나 예민했던지. 함께 식사를 하던 사람이 신경 조금 거슬리면 헤어지기 바쁘게 달려가는 곳이 있었다. 설사라는 이름으로 급하게 배설해 버리지 않고는 못 배기는 그 성깔 탓이었다. 지금은 '그런 사람도 있고 저런 사람도 있으려니, 그러려니'하고 넘긴다.

어디 이 뿐인가. 어느 정도 나이를 먹고 나서는 젊어서 요기조기 예민하게 아프던 곳들이 이럭저럭 수그러들었다는 말을 자주 듣게 된다. 본격적인 통계는 안 내 봤지만 내가 만난 노인들에게서 공통으로 듣는 소리였다. 실제로 노인의 통각(痛覺), 즉 아픈 것을 느끼는 신경은 젊은이보다 둔하다. 그래서 노인들은 어디 아픈 것, 심지어는 목이 마른 것도 한 박자 늦게 깨닫는다. 그래서 노인들 건강 수칙에는 목이 마렵다는 감각신호가 안 오더라도 수시로 물을 마시라는 지침이 있잖은가.

어디 몸의 아픔에만 국한되리오. 노인의 맘은 한술 더 뜬다. 맘 아프던 것도 적당히 둔해지고, 그리고 아픔의 지속성도 짧아져 간다. 속 상하다가도 어느새 잊어버리고 넘어 간다. 늦게 편히 살라고 신은 노인으로부터 적당히 기억력을 가져가고, 안 봐야 할 것은 보지 말라고 시력을 둔하게 하고, 듣지 않아야 할 것은 듣지 말라고 속삭이는(속삭이는 소리는 누구나 듣게 하기는 떳떳하지 못한 소리일 테니까) 작은 소리를 못 듣게 하셨나 보다.

10대 소녀 적에 목격했던 모습이 잊히지 않는다. 나의 외할아버지 댁은 6.25 때 직격탄을 맞았다. 나의 외증조 할머니, 그러니까 내 외할아버지의 어머니가 손녀딸인 내 어머니와 우리 집에서 지내던 때 일이었다. 어느 날 갑자기 아들 며느리가 죽어 갔다는 소식에 내 외증조 할머니는 잠시 몸을 떨며 망연자실해하셨다. 그러나 곧 저녁이 되니까 저녁 드실 이야기를 하시는 걸 보고, 나와 내 언니는 놀라 서로 가만히 눈을 마주쳤던 기억이 생생하다. 이처럼 크나 큰 슬픔도 노인들에게는 오래가지 않는다. 슬픔의 질이나 지속성이 젊었을 적과 천양지판인가 보다. 그래서 오래 사노라면, 자기 후손들을 앞세우는 노년들의 슬픔과, 품에 품었던 애기를 잃은 젊은 엄마의 그것과는 비교가 안 되는 현상이 벌어지는지 모른다. 이 또한 신이 오래 사는 노년들을 건사하시기 위한 은총일까.

하물며 부러움, 질투심 그리고 욕망도 묽어지고 오래가지를 않는다. 세상을 떠난 김열규 교수는 이처럼 무심하고 무욕, 무탐하라는 세 가지 '무의 미덕'을 노년들이 지녀야 한다고 했다. 이 미덕들을 지키지

264

못하면, 늙은 자에게 무리가 와 스스로 해코지하게 된단다. 그러나 일부러 이런 말을 안 새겨도 내 맘이, 내 몸이 그리 되어 가고 있으니, 이 어찌 신의 은총이 아니겠는가. 오래 사는 자에게 내리는 신의 은총임이 분명하다.

김열규 교수는 저서 《노년의 즐거움》에서 "일흔이 넘고서야 찾은 나만의 나라니! 그전의 시간과 세월은 오직 지금을 위한 준비이고 예비의 시간에 불과했던 것만 같다. 이전의 내 생애는 과도기라는 생각이 든다"고 했다. 나아가 "나만의 나만을 위한 나의 일! 이건 노년의 내가 바로 향유하게 된 새 삶의 징표"라고 했다. 그러니 "Carpe Diem(현재를 잡아라)"이란 유명한 라틴어 경구야 말로 노년을 위한 충고이지 싶다.

80이 넘어 적당히 둔감해지고 알맞게 둥글어진 데다 계속 배우고 새로운 환경에 적응하느라 삶의 '내공'이 쌓일 대로 쌓인 내가 나는 참 좋다!

나이 든 내가
나는 참 좋다 2

"부처가 따로 없지, 자식 많이 키운 내가 부처지."

요즘 세상에 자식을 다섯이나 낳고 키운 내 후배가 하는 말이다. 그렇다. 자식들이란 게 그렇다. 자기들이 자라면서 부모를 끌어당겨 같이 자라게 한다. 자식을 키우면서 덤으로 부모들도 철들게 되고 성숙되어 가더라는 얘기다. 그러니까 세상부모들은 자식 덕에 진짜 어른이 되어 가는 셈이다. 그런데 섭섭한 것은 같이 부대껴 가며 자란 자식들이 어느 만큼 자라자 마자 부리나케 제 길 그러니까 저희들의 인생길을 향해 떠나들 가는 것이다. 아니, 떠나간 게 아니라 부모인 내가 저들, 우리의 자식들을 떠나보냈다고 해 두자. 배를 다 만들어 망망대해로 떠나보내듯이 내가 저들을 인생이라는 망망대해로 출항시켰다고 치부해 두자.

266

자식들이 떠나간 빈 둥지에서 어느 부모인들 허둥대지 않을 장사가 있겠는가. 하지만 요즘 세상이 좀 깬 세상인가. 내남직없이 바로바로 제 정신들을 차리도록 세상이 우리를 깨우쳐 준다. 정신을 차리고 보니, 비로소 나 자신의 인생이 무엇이었는지 돌아보게 된다. 나아가 내 주위도 돌아보는 여유가 생겼다. 젊어서 허청 보아 오던 자연도 감상하게 되고, 발에 밟히는 들꽃까지도 오묘하게 예쁘다는 걸 새삼 알게 되었다 아니, 들꽃의 아름다움까지도 감상하는 마음의 여유가 생겼다. 자연을 돌아보다가 주제넘게시리 지구를 다 걱정하고 (소가 다 웃을 일이지) 세상을 돌아보고, 내 이웃에 있는 힘든 사람들도 내 눈에 들어온다.

이 모든 게 내가 늙고 자식들이 떠나간 연후에 오는 현상이다. 그러하니 이 아니 좋은가. 늙는다는 것이. 쓰고 남아서가 아니라, 모자라는 가운데서라도 서로 나누고 싶은 기특한 생각이 드는 것도 이즈음이다. 늙어 감에 따라 오는 덤이고 축복이 아닐 수 없잖은가.

그 무엇보다 좋은 것은 나 자신을 돌아보게 되었다는 사실이다. 지금까지는 세상 의무에 뱅뱅 돌아가느라 나를 챙길 새가 어디 있었고 그런 여유를 어찌 부릴 수 있었단 말인가. 이제는 남은 세월을 온전히 나를 위한 세월로 삼을 수 있으니, 이 아니 좋은가. 이런 심정은 나만 그런 게 아닌가 보다. 그러기에 뭐든 가르치고 즐기는 곳마다 노년들이 넘쳐나고 있잖은가. 젊어서 못 배웠던 우리네 수많은 동년배들, 조금 더 부끄러운 것은 나처럼 하라는 공부를 안 했던 게 후회스러워서 늦게나마 배우겠다고 나서는 동년배들. 나이듦의, 그리고 늙음의 열매다.

얼마나 좋은가. 뒤늦게나마 하고 싶고, 알고 싶고, 배우고 싶었던 것을 하러 다니는 노년들이 아름답지 않은가. 배워서 무엇에 써먹을 그런 약삭빠른 생각은 접어두고 순수하게 배우는 노년들은 아름답다. 목적 없이 순수하게 공부할 수 있는 특권은 우리 노년들에게나 허용되는 것 아닐까.

절대적인 평준화는 이 세상에는 없는 법이니 아직도 지난 젊은 시절에 머물러 앙앙불락하고 며느리 흉이나 찾아 나서는 악성 노년은 열외로 하고 하는 얘기다. 이런 악성 노년보다 쬐끔 나은 노년들이 있다. 나를 돌아본답시고 건강염려증에 걸려 자나 깨나 자기 몸 걱정 말고는 달리 아무것도 보지 못하고, 즐기지도 못하고 있는 노년들이 그렇다. 그저 보는 사람마다에게 자기 몸과 건강 이야기를 해대는 노년들은 왕따감 1호다.

노년의 자유는 또 있다. 요즘 애들이야 "형" "오빠" 해 가며 남녀 가리지 않고 잘들 어울리지만, 우리 시대는 어림도 없던 일. 남자라야 제 약혼자, 제 남편이 고작이었고 드물게 직장여성들도 의례적인 동료와

268

의 직업적인 교류 그 이상이 없었다.

그런데 이게 웬 떡이냐. 나이 들고 보니, 남성 여성이란 걸 떠나서 다 같은 인간으로 인류의 반이 되는 남정네들과도 허심탄회 하게 교류할 수 있으니, 이 또한 노년의 축복이다. 나는 생각해 본다. 젊은 날에 내가 요즘같이 남성이란 인류와 어울렸다면 아마 요상한 소문이 돌았을 게 분명하고 어쩌면 내 영감도 심통을 내거나 아니면 주먹이 올라오지 않았을까?

분명한 것은 늙어감의 축복 중 하나가 친구가 많아졌다는 거다. 남자 친구, 소꿉친구, 선배라는 유세로 생긴 후배, 잊고 살던 동창 등 하기에 따라서 얼마든지 친구를 만들 수 있다. 쌓인 세월만큼 늘어난 친구들의 귀중함을 그 어디에 비교할 수 있을까.

얼추 살고 보니, 무능한 나를 일생 옥죄어 오던 '할 일'에서 나는 해방되었다. 이제는 나를 위한 삶만이 남아 있다. 사느라 정신없어 돌보지 못한 나를, 내 몸을, 그리고 내 정서를 위해서 투자하고 또 그것들을 즐긴다 한들 뉘라서 뭐라 할 건가.

모두 나이 든다,
누구나 혼자이다

"누구나 혼자이지 않은 사람은 없다"고 시인이 읊었기로서니, 요즘처럼 단독가구가 많은 시절이 유사 이래 있었던가. 단명한 시대에는 없었던 문제고, 산업화 이전 농경사회에서는 어디 노인이 혼자 산다는 것은 있을 수도 없었다. 마을 사랑채라는 공동의 사교장이 있지 않았던가.

21세기는 유목시대라던가. 내 자식 네 자식 할 것 없이 자식들은 산지사방 곳곳에 흩어져 살고들 있다. 달랑 영감 마누라 둘이 빈 둥우리서 사는데 이 남자란 동물이 허하기가 짝이 없어 마나님보다 물경 7, 8년이나 명줄이 짧다. 거기다 우리시대 부부 나이 차이 3~4세를 합하면 무려 10년도 넘는 세월을 여자 노인 홀로 살아 내야 하는 시대가 되어 버렸다. 아니면, 드물게 남자 노인 혼자 남는 경우도 있긴 있는

데, 이 경우는 쬐끔 더 딱하다.

그러나 홀로 사는 우리 시대 노인들 걱정은 그야말로 '걱정도 팔자'다. 요즘 노인들 집에 있을 새가 어디 있나. 얼마나 활기차게 돌아들 다니시는지. 멀리 볼 것 없이 우리 앞집에는 여자 노인 두 분이 살고 있다. 90이었던 어머니에게는 좋은 이웃이었다. 나는 어머니를 통해서 두 할머니의 소소한 삶을 일일이 알 수가 있었다.

듣자니, 한 할머니는 상당한 재력가였다. 그럼에도 불구하고 두 노인은 거의 끼니를 집에서 만들지 않는다. 전날 저녁 여기저기서 얻어 왔던 떡이나 빵과 우유로 아침을 때운다. 다음, 이 교회 저 교회 노인학교에서 공부하고(?) 놀면서 교회에서 주는 점심을 먹는다. 구청 복지센터에서 제공하는 프로그램과 식사도 놓치지 않는다. 아파트에 와서는 노인정에서 놀며 또 한 끼를 때우고 들어오신단다.

여기서 내가 말하고 싶은 것은 공짜를 챙기는 노인의 얄팍함도 못마땅하지만, 이렇게 하루도 집에 있지를 못하고 돌아다니는 이 노인들을 보면서, 따라다니고 싶어도 못 따라다니던 우리 어머니 나이가 되면 그 할머니들은 어쩔 셈인가 슬며시 걱정되더라는 이야기다. 이동성을 잃어버리게 될 '은퇴'의 시기를 대비해야 하지 않을까.

인간 누구나 아주 늙어서 남는 거라고는 '나 홀로의 삶'과 '나 홀로 지내야 하는 일'뿐이다. 하루 종일 아무하고도 말을 섞지 못하고 혼자

자고 먹고 지내는 일이 수월할 리가 없을 터. 하지만 이를 감당하는 것이 성공적인 노후의 관건이다. 독립심이 진실로 필요한 시기가 노년기하고도 노년 후기라는 사실은 노인들에게는 아주 버거운 굴레임에 틀림없다.

그러길래 홀로 지내는 시간을 잘 보내는 것이 비단 늙은 사람에게만 필요한 게 아니다. 젊어서 아니, 어려서부터 혼자 놀기에 익숙해져야 사람은 성숙해지고 창조적인 것도 생겨난다. 일찍이 파스칼은《팡세》에서 "방 안에 가만히 있을 수 없는 데서 인간의 온갖 불행이 일어난다"고 했다.

그럼 인간이 방 안에 가만히 있기 위해서 우리 노년들은 어찌 해야 하나. 일단 나 아닌 남에게 잠시라도 의지할 생각은 갖지 말 일이다. 그것은 자식들도 예외가 아니다. 부모라고 해서 나 적적하다고 자식들을 오라 가라 할 수 있는 명령권이 있는 것은 아니다. 무엇보다도 오늘을 사는 젊은이들 모두는 바쁘다. 이렇게 바쁜 자식들을 불러내는 무례를 범해서는 안 된다.

연배가 비슷한 동년배끼리의 어울림이 좋다. 동년배끼리라면 누가 누구를 상대해 드린다는 의식 없이 서로가 대등하게 친할 수 있으니 부담이 없어 좋다. 그렇다고 매일매일 친구들을 불러다 놀 수는 없다. 또 허구한 날 친구들을 찾아다니는 것으로 소일할 수 도 없다. 다행히 우리 시대는 전화는 물론 전자메일, 채팅이란 게 있다.

산다는 것은 일상의 연속이다. 일상은 삶의 본질이다. 즐거운 잔치는 가끔 있다. "늙으면 아이 된다"는 말이 듣기 싫다면, 애들처럼 매일매일을 떠들썩하고 즐거운 잔칫날 같은 날만 바라서는 안 되리라. 원래 잔치는 일 년에 몇 번만 있는 행사다. 평범한 일상을 음미하는 맛을 아는 것은 노년기를 잘 보내기 위한 필수 요건이다. 떠들썩한 축제도 즐길 줄 알아야겠지만, 한적한 일상 속에서 정적인 즐거움을 조신하게 음미할 줄 아는 노년은 고상하다.

매일 아침 일어나서 하는 간단한 체조나 산책, 집안 정돈, 자잘한 집안일, 또는 새 밥 개밥 주기, 돋아나는 새순 바라보기 등등 일상의 날들 속에서 소소한 일과와 일에 즐거움을 가지고 지내는 걸 소홀히 생각할 게 아니다.

일본 작가 소노 아야코가 말한 "사람들에게서 잊힌 것 같은 기분이 들더라도 자기 집에서 혼자 조용히 빈둥거리면서 명상에 잠기면서 밖을 내다보기도 하고 TV를 보기도 하는 게으름뱅이 같은 세월의 여유"야 말로 바로 우리 노년의 차지가 아닐까.

여기에 보태서, 비록 아마추어로서의 지식이나 예술 혹은 기술이더라도 몰두할 수 있는 자기만의 일이 있으면 금상첨화일 텐데. 그러면 고독이나 고립감으로부터 도망가려고 애쓸 필요도 없을 테고. 지레 고독이나 고립감을 느낄 사이도 없겠지.

    D. B. 브롬리라는 노년학자가 그랬다. "성공적인 노인의 삶이란 조용하며 주로 일상적인 그리고 개인적인 취미활동을 하며 살아가는 분들의 그것"이라고.

나이 드는 데도 예의가 필요하다

초판 1쇄 발행 2015년 5월 1일
개정판 1쇄 발행 2024년 2월 13일

지은이 고광애

펴낸곳 (주)바다출판사
주소 서울시 마포구 성지1길 30 3층
전화 02 - 322 - 3675(편집) 02 - 322 - 3575(마케팅)
팩스 02 - 322 - 3858
이메일 badabooks@daum.net
홈페이지 www.badabooks.co.kr

ISBN 979-11-6689-208-0 03810